Britta Groiß · Gudrun Likar
(Hrsginnen)

Beste Freundin – schlimmste Feindin

Die Deutsche Bibliothek – CIP-Einheitsaufnahme

Beste Freundin – schlimmste Feindin / hrsg. von Britta Groiß
und Gudrun Likar. – Wien : Ueberreuter, 1999
ISBN 3-8000-2598-1

J 2420/1

Umschlagfoto von ZEFA
Gesetzt nach der neuen Rechtschreibung

Sonderdruck für den Verlag an der ESTE, Buxtehude 2008
Druck: Ueberreuter Print
3 5 7 6 4 2

Werner J. Egli

Zurück in meinen Traum

Spotted Horse brachte ihn zu uns ins Dorf. Niemand hatte ihn je zuvor gesehen. Sein Besitz war nicht mehr als das, was er am Leib trug, einen alten Soldatenmantel, schmutzig und zerrissen, schlecht passende Mokassins aus Fellstücken von Hasen, die er unterwegs erlegt und gegessen hatte, ein blutverkrustetes Hemd und eine Hose, die seine dünnen Beine umflatterten.

Es war ein kalter Novembertag, als ihn Spotted Horse in der Biegung des Flusses entdeckte, dort, wo die kahlen Bäume in den wolkenverhangenen Himmel ragten und die Prärie sich fahl und leer bis zum nebligen Horizont erstreckte. Dort, sagte mir Spotted Horse später, hätte er ihn erspäht, als er am Ufer kniete und mit beiden Händen vom eiskalten Wasser des Greasy Grass schöpfte.

»Wer bist du, Fremder?«, fragte ihn Spotted Horse.

Der Fremde, ein Junge von nicht mehr als sechzehn Jahren, trank aus seinen Händen, während er ohne Furcht zu Spotted Horse aufblickte. Spotted Horse, ein stolzer Mann, saß auf dem Rücken eines seiner wunderschönen Pferde, vom Wind geschützt durch eine Robe aus dem weich gegerbten Fell eines Bisons, den er vor einigen Jahren erlegt hatte, als es noch unzählige von ihnen gab.

Der Junge sagte ihm seinen Namen. Saul Underwood, das sei er, der Sohn eines Mannes, der den Soldaten Kundschafterdienste leistete und sich eine Lakota zur Frau genommen hatte.

Spotted Horse kannte einen Mann mit dem Namen Underwood, einen hinterlistigen Schurken, der gemeinsam mit unseren Feinden, den Crow und den Shoshonen, gegen die Lakota zu Felde zog, gegen das Volk seiner Frau und Mutter seines Sohnes.

»Und wie kommt es, dass du hier bist? Allein und ohne Pferd?«

»Die Crow haben mir mein Pferd gestohlen«, sagte der Junge und zeigte in die Ferne. »Und ich bin hier, weil ich nicht länger dort bleiben wollte, wo ich herkomme. Ich will ein Lakota werden und kein Weißer mehr sein.«

Spotted Horse studierte den Jungen lange, überdachte seine Worte und schließlich, als er sicher war, dass der Junge es ernst meinte, lud er ihn ein zu uns zu kommen. Ich sah ihn zum ersten Mal, als unsere Hunde ihm kläffend entgegenrannten und er Steine aufhob und sie nach den Hunden schleuderte. Er war ein hagerer Junge, der in seinem knielangen Mantel aussah wie einer, den der kalte Nordwind herbeigeblasen hatte. Das Haar hing ihm zottig unter einer Wollmütze hervor. In der einen Hand hielt er ein Gewehr, und als die Kinder dies sahen, dieses Gewehr in seiner Hand und seine hellen Augen, wagten sie sich nicht in seine Nähe.

Ich kam eben zusammen mit meiner Freundin Rainflower aus dem Wald zurück, wo wir Holz gesammelt hatten, als Spotted Horse den Jungen ins Dorf geleitete. Wir verharrten in unserem Schritt und er blickte kurz herüber, während er neben dem tänzelnden Pferd von Spotted Horse an uns vorbeiging.

»Wo bringt denn Spotted Horse diesen fremden Jungen her?«, wollte Rainflower wissen.

»Er sieht aus, als hätte ihn der Sturmwind herbeigeweht«, antwortete ich. Und dann sagte ich ihr etwas, was ich ihr lieber nicht gesagt hätte, obwohl sie meine beste Freundin war. »Ich glaube, ich bin ihm schon einmal begegnet.«

Sie schaute mich verwundert von der Seite an.

»Du hast diesen Jungen schon einmal gesehen?«

»Ja. Ich glaube schon. Ich kann mich noch gut daran erinnern, obwohl es eine Weile her ist, als er mir in einem Traum begegnete.«

»Dieser Junge, den ich noch nie zuvor gesehen habe, ist dir in einem Traum begegnet?«

»Ja. Er kam auf mich zugeritten, auf einem wunderschönen Pferd, das aus einem mächtigen Feuer heraussprang, eingehüllt vom Rauch und von der Glut dieses Feuers.«

»Und er kam auf dich zugeritten?«, spöttelte Rainflower.

»Ja.«

»Und dann hat er dich auf sein Pferd genommen und ...«

»Nein. Er kam auf mich zu, als wollte er mich niederreiten, aber das Pferd stieg plötzlich und warf ihn ab. Er lag regungslos im Gras, und als ich zu ihm ging, sah ich, dass seine Brust voller Blut war und er hatte eine Verletzung über dem Herzen.«

»Dann war er tot?«

»Nein. Er lebte. Seine Augen lebten. In seinen Augen sah ich mein Spiegelbild. In seinen Augen sah ich mich selbst. Da beugte ich mich über ihn und küsste ihn auf den Mund, aber seine Lippen waren hart und kalt und ich konnte seinen Atem nicht auf meinen Lippen spüren.«

»Du hast einen fremden Jungen einfach geküsst, Citana?«

»Leider nur im Traum, Rainflower«, gab ich ihr lachend zur Antwort.

»Ein Traum ist auch eine Wirklichkeit, Citana. Eine andere als die, in der wir uns jetzt befinden. Aber was im Traum geschieht, geschieht genauso wirklich wie alles andere.«

»Dann bin ich jetzt besonders traurig, denn nachdem ich ihn geküsst habe, bin ich sofort aufgewacht.«

»Vergessen hast du ihn jedoch nicht.«

»Ich habe nie mehr an ihn gedacht, bis heute. Da geht er, an der Seite von Spotted Horse, als ob ihn der Wind aus meinem Traum geweht und hierher getragen hätte.«

»Wer weiß, wer er ist«, lachte Rainflower. »Vielleicht fragst du ihn mal, ob er sich an dich erinnern kann. Und wenn du mutig bist, küsst du ihn noch einmal.«

»Das werde ich ganz bestimmt nicht tun«, antwortete ich im Brustton der Überzeugung, aber ich spürte, wie mein Herz beim Gedanken, diesen geheimnisvollen Jungen zu küssen, höher zu schlagen begann.

Ich konnte mich deutlich an seine Augen erinnern, die ich erst jetzt wieder sah, als er aus dem Tipi trat, in dem über ihn beraten worden war. Spotted Horse stand ihm zur Seite.

»Dieser Junge bleibt bei uns«, erklärte er den vielen Neugierigen, die sich auf dem Dorfplatz versammelt hatten. »Heute ist er mein Gast, bald jedoch wird er in meiner Familie den Platz eines meiner Söhne einnehmen. Sein Name ist der eines Weißen Mannes. Er heißt Saul Underwood, aber seine Mutter, die eine Lakota ist, hat ihm einen anderen Namen gegeben. Sein Lakota-Name ist Iteska.«

Das bedeutet in unserer Sprache helles Gesicht. Das hatte er jedoch nicht. Sein Gesicht war dunkel und schmal, aber seine Augen leuchteten, als spiegelte sich in ihnen ein wolkenloser Himmel.

Später, als ich ihn einmal danach fragte, sagte er mir, dass ihm seine Mutter den Namen gegeben hatte, als er auf die Welt kam, mit einer Haut so hell und rosa, wie es nur die Haut eines weißen Kindes sein konnte.

Iteska war kein Weißer und kein Indianer. Die Weißen, unter denen er gelebt hatte, hatten ihn Halbblut genannt. Für mich war er einer, der aus meinem Traum geboren worden war. Ein Junge, von dem ich lange Zeit nicht sicher war, ob es ihn überhaupt gab, obwohl wir uns oft begegneten. Von allem Anfang an war ich mir dessen nicht gewiss. Ich sah ihn, wandte mich von ihm ab und schaute wieder in der Erwartung zu ihm hinüber, dass er sich in Luft aufgelöst hatte. Aber er war da und er blieb bei uns. Für Spotted Horse, der schon drei Söhne im Kampf gegen die Weißen und gegen die Crow und Shoshonen verloren hatte, war er wie ein Sohn, den er zu einem großen Jäger und Krieger machen wollte.

Ich liebte ihn. Niemand wusste es, nicht einmal Rainflower. Allein, ich benahm mich manchmal so dumm, dass es allen hätte auffallen sollen. Ich dachte fast die ganze Zeit an ihn, Tag und Nacht. Ich wünschte mir beim Einschlafen nichts sehnlicher, als dass er mir noch einmal in einem Traum begegnen würde auf seinem schönen Pferd. Ich wünschte es mir und gleichzeitig fürchtete ich mich davor, weil ich keine Ahnung hatte, was der Traum wirklich bedeutete, das Feuer, aus dem er auf seinem Pferd heraussprengte, und das Spiegelbild in seinen Augen und sein Mund, aus dem kein Laut drang und kein Atemhauch.

Als Iteska zu uns kam, besaß er nichts. Nicht einmal ein Pferd. Spotted Horse gab ihm eines von seinen Pferden, ein gutes, ausdauerndes Pferd von dunkelbrauner Farbe und etwas hellerem Langhaar, das kampferprobt und auch auf der Büffeljagd zuverlässig war, jedoch nicht besonders schön aussah, weil es ein vernarbtes Fell hatte und auf der linken Seite nur ein halbes Ohr.

»Schau nur, wie stolz er auf seinem hässlichen Pferd sitzt«, sagte Rainflower, als wir ihn eines Tages mit anderen Jägern durch unser Dorf reiten sahen. »Er denkt wohl, er könne uns damit imponieren.«

»Ich glaube nicht, dass das seine Absicht ist«, antwortete ich ihr und schaute den Jägern nach, die am Dorfrand ihre Pferde anspornten und, ihre Jagdschreie ausstoßend, in die Prärie hinaussprengten.

Iteska war ein tüchtiger Jäger, der bei jeder Jagd seine Aufgabe zur Zufriedenheit seiner Gefährten erledigte. Auch im Kampf gegen unsere Todfeinde, die Crow, stand er seinem neuen Vater Spotted Horse um nichts nach. Alle waren stolz auf ihn, feierten ihn bei den großen Festen, beschenkten ihn und widmeten ihm Lieder und Tänze. Sein Name war in aller Munde, nicht nur bei uns, den Lakota, auch bei den Cheyenne, unseren Nachbarn, und bei den Assiniboine und den Cree, die unsere Freunde waren. Aber auch unsere Feinde, die Shoshonen und die Crow, sprachen über ihn, einige mit Ehrfurcht, andere mit Zorn, denn er war der, der ihnen die besten Pferde entwendete und im Kampf unbesiegbar war. Und bald nannten sie ihn so: den Unbesiegbaren.

Für mich blieb er ein Rätsel. Ich liebte ihn, aber zu meinem Leidwesen bemerkte er es nicht. Selbst als ich ihm einen Strick, den ich in mühevoller Arbeit aus feinstem Pferdehaar geflochten hatte, zum Geschenk machte, schien ich für ihn nicht zu existieren. Nur selten sah er mich und lächelte, meistens jedoch schien er durch mich hindurchzusehen, als wäre ich nur das Spiegelbild in seinen Augen, das ich im Traum gesehen hatte.

Für Rainflower war das etwas anderes. Rainflower war schön und wusste diese Schönheit zu benutzen, um an ihre Ziele zu gelangen. Ich weiß nicht, wann sie auf den Gedanken kam, Iteska für sich zu gewinnen. Und da sie nichts von meiner Liebe zu ihm wusste, hatte ich kein Recht, sie davon abzuhalten, ihr gefährliches Spiel zu treiben. Sosehr ich mir auch wünschte, dass Iteska meine beste Freundin nicht beachtet hätte, er begann doch bald sich für sie zu interessieren. Er schenkte eines der besten Pferde, die er erbeutet hatte, ihrem Bruder Cattail. Und er brachte von einem Streifzug Geschenke für ihre Mutter und für ihre Schwestern und Brüder und für ihren Vater. Im Dorf fingen die Leute an zu reden.

»Iteska wird sich Rainflower zur Frau nehmen«, flüsterten sich die Leute zu. »Dieses Mädchen ist das glücklichste von allen.«

Rainflower und ich, wir redeten oft über Iteska. Fast jedes Mal, wenn wir beisammen waren, kamen wir auf ihn zu sprechen. Meistens fing sie damit an.

»Hast du das Pferd gesehen, das er mir schenken will?«, fragte sie. »Er hat es bei einem Streifzug einem Häuptling der Crows gestohlen, aber ich habe ihm gesagt, dass ich keine Verwendung für das Pferd habe, weil es mir zu hässlich ist.«

Ich kannte das Pferd natürlich. Ich hatte voller Bewunderung zugesehen, wie er es an irgendeinem Strick, nicht an dem, den ich ihm geschenkt hatte, ins Dorf führte, nachdem er mit anderen Jägern zusammen von diesem Streifzug durch das Gebiet am Yellowstone River zurückgekehrt war. Es war nicht, wie Rainflower behauptete, ein hässliches Pferd, sondern eines der schönsten, das je von einem unserer Jäger erbeutet worden war.

Anfänglich wusste ich nicht, warum Rainflower Iteskas

Geschenke zurückwies. Ich dachte erst, sie wollte nichts von ihm annehmen, weil sie ihn nicht liebte. Dem war aber nicht so. Rainflower hatte ganz andere Gründe.

An einem heißen Tag im Sommer, als wir uns zusammen im Fluss abkühlten, verriet sie mir, dass sie entschieden hätte, Iteskas Frau zu werden. Das überraschte mich so sehr, dass mein Herz eine ganze Weile lang zu schlagen aufhörte.

»Weißt du, ich habe es mir überlegt, Citana. Es gibt viele, die mich zur Frau nehmen möchten, aber er ist der Einzige, der nie mit leeren Händen von einem Streifzug oder einem Jagdausflug zurückkehrt.«

»Aber ... Aber du nimmst doch seine Geschenke gar nie an«, stammelte ich, nachdem mein Herz wieder zu schlagen angefangen hatte.

Sie lachte. »Du weißt selbst, dass es sich für ein Mädchen nicht geziemt, von einem Jungen Geschenke anzunehmen. Außerdem will ich Iteska dazu bringen, dass er mir das schönste Pferd schenkt, das die Crows besitzen.«

»Die Crows besitzen viele schöne Pferde. Dafür sind sie bekannt, für ihre Kleider und für ihre schönen Pferde.«

»Ich meine ein ganz besonderes Pferd«, sagte Rainflower, und obwohl sie den Namen des Mannes, der dieses Pferd besaß, nicht aussprach, wusste ich sofort, dass sie das Pferd von Firehawk meinte, dem gefürchtetsten aller Krieger vom Stamm der Crow. Er besaß ein Pferd, von dem überall mit Ehrfurcht erzählt wurde. Ein Kriegspferd war es, das ihn siegreich und unversehrt aus jedem Kampf und aus jeder Schlacht zurückgebracht hatte. Nicht ein einziges Mal waren Pferd oder Reiter bislang auch nur verletzt worden und es wurde erzählt, dass Firehawk und sein Pferd in Wirklichkeit nicht aus Fleisch und Blut waren, sondern vielmehr ein merkwürdiges Geisterwesen, halb Mensch, halb Pferd, das nicht verletzt oder gar getötet werden konnte.

»Dieses Pferd wirst du nie bekommen«, sagte ich zu ihr. »Nicht einmal Iteska könnte Firehawk und das Pferd voneinander trennen, weil sie eins sind.«

»Er wird es versuchen müssen, wenn er mich zur Frau nehmen will!«

Ich blickte sie ungläubig an, erkannte jedoch, dass sie es ernst meinte.

»Du glaubst, dass ich das nicht von ihm verlangen kann, nicht wahr?«, lachte sie. »Aber es ist mir ernst, Citana. Er will mich. Er beschenkt meine Familie. Alle wissen, dass er nicht aufgeben wird, bis ich seine Frau bin.«

»Dann zeig ihm, dass du bereit bist, seine Frau zu werden.«

»Er weiß es, Citana. Ich habe es ihm gesagt.«

»Was hast du ihm gesagt?«

»Dass er mir das Pferd von Firehawk bringen soll, damit seine Kinder und ich nicht um ihn fürchten müssen, wenn er in den Kampf gegen die Feinde der Lakota zieht.«

»Und was hat er dir darauf geantwortet?«

Sie lachte erneut. »Dass er es mir bringen wird.«

»Das ist nicht dein Ernst!«, entfuhr es mir. »Weißt du, was es bedeutet, wenn er sich auf die Suche nach Firehawk macht?«

»Es bedeutet, dass er ihn finden wird, weil er ein guter Jäger ist«, sagte Rainflower.

»Nein, es bedeutet, dass er nie mehr zurückkehren wird!«, entgegnete ich zornig. »Es bedeutet, dass Firehawk ihn töten wird!«

»Das glaube ich nicht. Ich glaube vielmehr, dass er Firehawk im Zweikampf besiegen wird.«

»Und ich sage dir, dass du ihn in den Tod schickst, Rainflower!«, beharrte ich. Sie vernahm das Zittern in meiner Stimme und bemerkte, dass ich die Hände zu Fäusten geballt hatte.

»Warum regst du dich so auf, Citana? Ich bin es, die keinen Mann haben wird, wenn er nicht zurückkehrt. Mit dir hat das doch überhaupt nichts zu tun.«

Jetzt hätte ich ihr sagen sollen, wie sehr ihr eigenartiges Spiel auch mein Leben bestimmte. Ich hätte ihr sagen sollen, dass ich Iteska liebte und ihn allein deshalb nie dazu getrieben hätte, sich einer tödlichen Gefahr auszusetzen. Aber ich schwieg. Stattdessen versuchte ich nur sie umzustimmen. Je mehr ich jedoch auf sie einredete, desto mehr versteifte sie sich auf ihre Herausforderung, die Iteska mit seinem Leben bezahlen musste, falls es ihm nicht gelang, Firehawk zu töten.

In dieser Nacht schlief ich nicht. Ich überlegte mir, wie ich Iteska davon hätte abbringen können, sein Vorhaben auszuführen, aber es fiel mir nichts ein. Ich hätte vielleicht versuchen können mit Spotted Hawk zu reden, aber auf mich, ein Mädchen, hätte dieser stolze Mann bestimmt nicht gehört. Mich direkt an Iteska zu wenden wagte ich nicht. Unsere Lakota-Regeln sind strikt. Ein Mädchen soll sich nicht in die Angelegenheiten eines Mannes einmischen. Wer etwas zu sagen hat, kann um die Erlaubnis bitten, an einer Ratsversammlung teilzunehmen. Ich konnte mich jedoch nicht erinnern, dass je einmal ein Mädchen im Rat gehört worden wäre. Nicht einmal die Jungen hatten dort etwas zu sagen. Ich war durcheinander und verzweifelt, als ich am nächsten Morgen das Tipi verließ und zum Fluss hinunterging, um Wasser zu holen. Wie jeden Morgen traf ich auf dem schmalen Fußweg zu Ufer hinunter meine Freundin Rainflower.

»Er wird heute Morgen wegreiten«, sagte sie mir voller Stolz.

»Niemand wird ihn wohl davon abhalten können«, antwortete ich.

»Wer sollte ihn denn davon abhalten wollen?«, fragte sie zurück, ohne mich dabei anzusehen.

»Ich«, sagte ich.

»Du?«

»Ja.«

Sie stockte im Schritt und lachte.

»Du?«, wiederholte sie geringschätzig.

Da ließ ich sie stehen und lief zum Fluss hinunter. Als ich mich am Ufer hinkniete und den Wasserbehälter voll laufen ließ, kam Rainflower herbei.

»Ich vermutete es immer, Citana«, sagte sie, hinter mir stehend. »Ich vermutete, dass du ihn auch liebst.«

Ich gab ihr keine Antwort.

»Warum hast du es mir nicht früher gesagt? Wir hatten nie Geheimnisse voreinander. Wir haben uns immer alles gesagt.«

Der Behälter war voll. Ich erhob mich und ich merkte, dass mir die Tränen kommen wollten.

»Iteska liebt dich über alles«, würgte ich hervor. »Für mich ist in seinem Herzen kein Platz.« Ich wollte an ihr vorbei und den Pfad zurückgehen, der ins Dorf führte, aber sie hielt mich am Arm zurück.

»Citana, wir sind Freundinnen«, sagte sie. »Wenn du es mir gesagt hättest, hätte ich mich vielleicht nicht um ...«

»Nein!«, fiel ich ihr ins Wort. »Nichts wäre anders gewesen! Er will dich zu seiner Frau machen, nicht mich!«

Ich wollte ihr meinen Arm entziehen, aber in diesem Moment sahen wir Iteska im Morgenschatten der Tipis unser Dorf verlassen. Er saß auf seinem narbigen Pferd, das er von seinem Vater Spotted Horse erhalten hatte, als er zu uns gekommen war. Sein Haar hing ihm über die Schultern herunter und auf dem Rücken trug er einen Bogen in einer Hülle und einen Köcher voll mit Pfeilen. Das Gewehr hatte er nicht mitgenommen, weil er wusste, dass Firehawk nur mit Waffen kämpfte, die nicht von Weißen stammten und früher, bevor die Weißen in unser Land gekommen waren, um uns zu vernichten, von unseren Vätern und Großvätern im Kampf benutzt worden waren.

Langsam ritt er aus den Schatten heraus und im goldenen Licht der aufgehenden Sonne zur Furt hinunter und durchquerte im seichten klaren Wasser den Fluss. Die Hunde, die ihm gefolgt waren, blieben am Ufer zurück. Er schien uns nicht zu sehen, aber plötzlich, mitten im Fluss, zügelte er sein Pferd und drehte uns den Oberkörper zu. Wir konnten nun seine Kriegsbemalung erkennen, mit der er sich in den frühesten Morgenstunden versehen hatte. Von seiner Skalplocke hingen zwei oder drei Adlerfedern und an seinem rechten Oberarm glänzte ein breites, silberglänzendes Metallband.

Er blickte zu uns herüber und im ersten Moment wollten wir uns im Ufergestrüpp verstecken, aber wir wussten beide, dass er uns längst erspäht hatte.

»Bevor der erste Schnee fällt, bin ich zurück!«, rief er uns zu und hob zum Abschied seine rechte Hand.

Wir standen wie erstarrt am Flussufer und blickten ihm nach, bis er jenseits der Hügel auf der anderen Seite des Flusses verschwunden war.

»Er wird zurückkehren«, sagte Rainflower zu mir und sie wollte mich umarmen, wie wir das schon so oft in guten und in schlechten Zeiten getan hatten, aber ich wandte mich von ihr ab und eilte ins Dorf zurück.

Ich ließ mir vor allen anderen nicht anmerken, wie traurig und verzweifelt ich war. Aber später, in der Nacht, weinte ich mich unter meinen Decken aus und ich wünschte mir nichts sehnlicher, als in den Traum zurückzukehren, den ich vor vielen, vielen Monden geträumt hatte, lange bevor Spotted Horse den Jungen Saul Underwood zu uns gebracht hatte. Das gelang mir. Und als ich aus dem Traum aufwachte, ahnte ich, dass Iteska nie mehr zurückkehren würde, und ich verließ das Tipi meiner Familie und ging zum Fluss hinunter und dort, wo ich ihn das letzte Mal gesehen hatte, bevor er über die Hügel davonritt, ließ ich mich nieder und starrte in die Ferne und rief seinen Namen in den Wind. Allein, der hörte nicht.

Firehawk erwartete Iteska auf dem felsigen Grat eines kahlen Hügels hoch über dem Yellowstone River. Warum ich selbst dort war und wie ich die Entfernung von unserem Dorf dorthin überwunden hatte, wusste ich nicht. Aber ich war dort, ein Mensch oder ein Tier oder auch nur ein unsichtbarer Traumfänger. Über Firehawk wölbte sich ein Himmel, wie ich noch nie einen gesehen hatte. Schwarz war er wie eine

Nacht ohne Mond und Sterne, mit Wolken schwelender Glut. Blutrot leuchteten die Umrisse dieses Wesens, ein Mann und sein Pferd, miteinander verwachsen, als wären sie nicht in diese Welt geboren, sondern von Geistern aus ihrem finsteren Reich gejagt worden. Auf seinem Antlitz leuchteten die Farben des Krieges, in seinen Augen sprühten Funken, als wäre die Glut seine Seele und das Feuer die Kraft, die ihn und sein Pferd unbesiegbar machten.

»Ich habe dich herbeigesehnt, Lakota«, rief er zu Iteska hinunter, der am Fuße des Felsgrates sein Pferd gezügelt hatte. »Du bist meinen Spuren bis zum Horizont gefolgt ohne zu ahnen, was dich hier erwartet. Du hast wahren Mut, Lakota!«

Ohne Hast nahm Iteska seinen Bogen zur Hand und legte den ersten Pfeil auf die Sehne.

»Ich bin gekommen, um dich von deinem Pferd zu trennen«, rief er zum Felsgrat hoch. »Es soll fortan meiner zukünftigen Frau gehören!«

»Du bist nicht der Erste, der hierher gekommen ist, um dieses Pferd zu besitzen. Einige wollten es für sich selbst haben, damit sie siegreich und heil aus jeder Schlacht zurückkehren. Andere wollten es besitzen, um an Ansehen zu gewinnen. Jeder hatte einen triftigen Grund, meiner Spur zu folgen, aber keiner hat sein Ziel je erreicht.«

»Ich bin nicht wie die anderen, Firehawk! Die Lakota nennen mich den Unbesiegbaren!«

»Ich habe von dir gehört, aber ich sage dir, dass der Wunsch deiner zukünftigen Frau deinen Tod bedeutet. Nicht du bist es, der unbesiegbar ist. Ich bin es, Lakota!«

»Dann kämpfe!«

Iteska spornte sein Pfed jäh an, lenkte es mit den Schenkeln den Anstieg zum Felsgrat hinauf, krumm auf seinem Rücken sitzend, den Kriegsbogen in der linken Hand, die Sehne mit der rechten zurückziehend, bis der Bogen gespannt war. Sein gellender Kriegsschrei begegnete dem seines Gegners, dessen Pferd auf der Hügelkuppe zu tänzeln anfing, glühenden Staub aufwirbelnd, Funken, die in Wolken von den Hufen stoben und durch die Nacht wirbelten, die nur ihn umgab, während Iteska im gleißenden Licht der Sonne den Hügel hinaufsprengte und seinen ersten Pfeil fliegen ließ.

Der Pfeil traf nicht, flog dicht an Firehawk vorbei wie ein grell leuchtender Strahl, der sich in der Unendlichkeit verlor. Auch der zweite Pfeil verfehlte den Crow auf seinem tänzelnden Pferd, und erst als Iteska die Hügelkuppe erreicht hatte, traf er mit dem dritten Pfeil. Dieser, aus nächster Nähe abgeschossen, streifte Firehawk an der Schulter. Die Hufe von Firehawks Pferd flogen gegen Iteska, der sein eigenes Pferd im letzten Moment vor dem Zusammenprall zurückreißen wollte. Beide Pferde stiegen schnaubend und wiehernd, prallten so hart aufeinander, dass es in meinen Ohren wie Donner klang, und ich sah die Streitaxt in der Faust von Firehawk hoch über seinem Kopf aufblitzen, sah, wie sie durch die wirbelnden Glutwolken auf Iteska niedersauste, und hörte Firehawks Triumphschrei, mit dem er den Schlag führte, der Iteska töten sollte. Iteska versuchte den Angriff seines Gegners mit dem Bogen abzuwehren, aber das funkelnde Blatt der Streitaxt traf ihn über dem Herzen in die Brust. Iteska riss sein steigendes Pferd auf der Hinterhand herum, schleuderte den Bogen von sich und ergriff seinen eigenen Tomahawk. Noch einmal prallten sie aufeinander und gleichzeitig holten sie zum tödlichen Schlag aus. Iteskas Streitaxt grub sich tief in die Brust seines Gegners. Firehawks Körper zersplitterte, als wäre er aus blutrotem Glas. Sein Pferd, befreit von der Last, galoppierte davon, kam direkt auf mich zugelaufen, ein Pferd, wie es nur in den Geschichten unserer Schamanen existieren konnte, wenn diese aus der Geisterwelt erzählten, schwarz und mit weißen Flecken im Fell, mit lodernder Mähne und aufgerissenem Maul. Auf seinem Rücken saß jetzt nicht mehr Firehawk. Auf seinem Rücken saß Iteska, die Arme von sich gestreckt und ohne Zügel, so als wären er und das Pferd nun miteinander verwachsen. Fassungslos starrte ich ihm entgegen, und obwohl ich nicht wusste, was geschehen war, spürte ich doch, dass Iteska sich in ein Geisterwesen verwandelt hatte. Hinter ihm, wo einmal der Felsgrat gewesen war und die Dunkelheit, war jetzt nur noch Feuer. Es schien, als wären Pferd und Reiter diesem flammenden Meer entronnen, das den unbesiegbaren Firehawk, Mensch oder Geisterwesen, verschlungen hatte. Ich ging Iteska entgegen, wollte meine Arme ausbreiten, um ihn zu empfangen, aber er versuchte nicht, sein Pferd anzuhalten. Umhüllt vom Rauch und von der Feuerglut ritt er im Galopp auf mich zu. Ich sah das Blut auf seiner Brust und die klaffende Wunde über seinem Herzen und ich wusste, dass er mich nicht erkannte und mich wie einen Feind niederreiten würde. Ich wollte ihm ausweichen, wollte mich zur Seite werfen und davonlaufen, aber ich war unfähig, mich vom Fleck zu rühren. Bevor Iteska mich jedoch erreichte, fiel er vom Rücken des Pferdes und ich ging zu ihm und er lag am Boden im Gras, seine Augen weit aufgerissen, als erschreckte ihn das, was sie erblickten. Aber ich war es nur, die sich in seinen Augen spiegelte. Ich beugte mich über ihn und meine Lippen berührten seine Lippen. Sie waren eiskalt und hart und aus seinem geöffneten Mund kam kein Laut und kein Atemhauch.

Wir Lakota warteten lange auf Iteskas Rückkehr. Niemand rechnete schließlich mehr damit, ihn wieder zu sehen. Dann kam die Kunde, dass am Yellowstone River tief in den Jagdgründen der Crow ein junger Lakotakrieger von Firehawk getötet worden sei. Obwohl niemand seinen Namen nannte, wussten wir alle, dass dieser junge Krieger nur Iteska sein konnte. Das ganze Dorf trauerte um ihn. In dieser Zeit hütete ich mich davor, Rainflower zu begegnen. Wenn wir uns irgendwo auf einem Pfad trafen, wich ich ihr aus. Wir schwammen nicht mehr zusammen im Fluss, und wenn wir uns im Dorf begegneten, senkten wir schnell die Köpfe, sodass wir uns nicht zu sehen brauchten. Der Winter kam und ging. Spotted Horse führte einen großen Trupp von jungen Kriegern gegen die Crow, die ihre Lager am Powder River aufgeschlagen hatten. Unsere Krieger erbeuteten viele Pferde und machten ein paar Skalps, die sie triumphierend ins Dorf zurückbrachten. Sie erzählten, dass die Crow auch auf eine Rückkehr warteten, auf die von Firehawk, aber ein Schamane behauptete, Firehawk sei von den Mächten in das Feuer zurückgerufen worden, das ihn einmal geschaffen hatte. Es gab keine Augenzeugen und es fehlte jede Spur von Firehawk und von Iteska, und immer merkwürdigere Geschichten gingen von Feuer zu Feuer, von Dorf zu Dorf, von Lager zu Lager. Sogar die Weißen in ihren Dörfern und Armeelagern berichteten über einen Zweikampf zwischen zwei großen Kriegern, von dem der eine möglicherweise ein Geist gewesen sei. Aber niemand wusste, was tatsächlich geschehen war. Nur ich. Ich war dabei gewesen und hatte alles gesehen, aber ich erzählte es keinem Menschen, nicht einmal Rainflower, die einmal meine beste Freundin gewesen war.

Aber dann, es war Herbst und auf den Hügeln jenseits des Flusses, wo ich Iteska zum letzten Mal gesehen hatte, glitzerte Raureif, kehrte er zurück, als hätte ihn der Wind genau wie damals, als er zum ersten Mal in unser Dorf gekommen war, hierher geweht. Sein Gesicht war hager geworden und das hirschlederne Kriegshemd, das er trug, hing ihm schmutzig und zerfetzt von den Schultern. Die Hunde und die Kinder rannten ihm entgegen, bis irgendjemand rief, dass sie aufpassen sollten, weil der Mann auf dem Pferd wahrscheinlich ein Geist sei. Die Kinder traten zurück, gaben Iteska den Weg frei. Er kam durch den Fluss geritten, vom Westen her aus der blassen Sonne heraus, die ihr Feuer verloren hatte und das Land mit ihrem kalten Licht bedeckte. Wir konnten erkennen, dass Iteska ein wundervolles Pferd an einem Strick führte, während er selbst auf dem alten Pferd saß, das ihm Spotted Horse vor langer, langer Zeit zum Geschenk gemacht hatte.

Ich wollte ihm entgegengehen, aber dann sah ich Rainflower aus dem Tipi treten und ihr Anblick lähmte mich. Hochmütig warf sie den Kopf in den Nacken und ging auf ihn zu, als er auf dem Dorfplatz sein Pferd zügelte. Iteska sah sie und trotzdem sah er sie nicht. Seine Augen suchten unter denen, die ihn umringten, und dann lächelte er und er trieb sein Pferd mit den Schenkeln an und kam auf mich zugeritten. Vor mir hielt er an. Ich blickte zu ihm auf und er sah mich an und im Dorf schien es in diesem Moment totenstill zu werden.

»Ich habe dir gesagt, dass ich zurückkehren werde, bevor der erste Schnee fällt«, sagte er nicht sehr laut. Und trotzdem konnten alle, die gekommen waren, um ihn zu sehen, seine Worte vernehmen. Auch Rainflower.

»Das war letztes Jahr«, gab ich ihm zur Antwort. »Inzwischen ist ein Winter gekommen und gegangen.«

»Ich weiß«, sagte er. »Du hast lange auf diesen Tag warten müssen. Hier ist dein Pferd. Ich habe es für dich mitgebracht.«

Er beugte sich vor und übergab mir den Strick, der aus feinstem Pferdehaar geflochten war. Einen Moment lang sah ich mich in seinen Augen spiegeln und ich wusste nicht mehr, wo ich war, in meinem Traum oder zurück in der Wirklichkeit.

Jutta Treiber

Lauras Liebeswolken

Laura ist wunderbar. Laura kann Geschichten erzählen, dass du Lachkrämpfe kriegst. Laura hat mahagonifarbenes glänzendes Haar, das immer schwingt. Laura hat große braune Augen, die tief in deine Seele blicken können. Mit Laura kann ich über alles reden. Ihr kann ich Geheimnisse anvertrauen. Mit Laura kann ich alles machen. Schwimmen gehen und Rollerskaten, Musik hören, Kreuzworträtsel lösen, Karten spielen und über Jungen reden. *Und – Laura ist für jeden Spaß zu haben.* Mit einem Wort – Laura ist meine beste Freundin.

Dachte ich. Bis vor kurzem.

Aber wie das eben so ist mit dem Anvertrauen. Manchmal geht irgendwer zu weit. Und ich weiß nicht einmal, wer zu weit gegangen ist. Ich mit dem Anvertrauen oder sie mit dem Ausnützen.

Soll ich jetzt sagen: Laura war meine beste Freundin? Ihr Verhalten war ein eindeutiges Vergehen gegen das Datenschutzgesetz? Oder gegen das ungeschriebene unverbrüchliche Treuegesetz zwischen besten Freundinnen? Oder ist sie immer noch meine beste Freundin und nur dieses eine Geheimnis steht zwischen uns, ein Geheimnis, das ich ihr nicht preisgebe, selbst wenn ich zweihundert Jahre alt werde? Denn der Preis, den ich gezahlt habe, war hoch.

Immerhin habe ich eine interessante Erfahrung gemacht. Ich habe einen Nachruf auf mich selbst gelesen, und das ist doch meistens nur den Toten vorbehalten. Es war schön zu lesen, was da alles drinstand. Die andere Erfahrung war nicht so schön: Dass man nicht einmal seiner besten Freundin restlos vertrauen kann. Und dass manches, was aus Spaß entsteht, im Endeffekt nicht immer lustig ist.

Na ja. Wo soll ich anfangen? Bei der Tatsache, dass ich ein

bildhübsches Baby war? Was das mit Laura und mit meinem Nachruf zu tun hat? Oh, es hat, es hat!

Ich blieb kein Baby, ich wurde größer und mein Längenwachstum verhielt sich zu meiner Bildhübschheit indirekt proportional. Kein Wunder, dass ich jetzt, wo ich fünfzehn geworden bin, nicht gerade eine Augenweide für attraktive Jungen bin. Deren Augen grasen nur eher selten auf meinem Gesicht und verweilen dort auch nicht sehr lange. Das bedrückt mich. Manchmal mehr, manchmal weniger. Der Grad der Bedrückung steht mit der Anzahl der Pickel, die sich auf meinem Gesicht befinden, in direkt proportionalem Verhältnis.

Was das Problem verschärft und immer verschärft hat, ist, dass sich bei Laura Längenwachstum und Bildhübschheit direkt proportional verhalten haben. Laura ist der absolute Schwarm aller attraktiven Jungen in und außerhalb unserer Schule. Es gibt kaum einen, der nicht irgendwann in Laura verliebt war. Es gibt kaum einen, der jemals in mich verliebt war.

Das war eigentlich von jeher schon der Punkt, von dem aus Gefahr für unsere Freundschaft drohte. Ich wollte es nicht sein, aber ich war es: Ich war eifersüchtig auf Laura. Ich war eifersüchtig, auch wenn ich mich noch so sehr bemühte, es nicht zu sein.

Und Laura hatte in dem Punkt ein unheimliches Mitteilungsbedürfnis. Sie schilderte mir in allen Details, welche Jungen sie kennen gelernt, mit welchen sie geflirtet, welche sie geküsst und welche sie links oder rechts liegen gelassen hatte.

So war der Himmel unserer Freundschaft manchmal von Lauras Liebeswolken überschattet. Aber meistens strahlte er in mildem Blau.

Dann kam dieser Sommer. Und meine Mutter und ich fuhren auf Urlaub. Vater wollte aus unerklärlichen und bislang ungeklärten Gründen nicht mit.

Wir fuhren nach Istrien, an irgendeinen felsigen Strand

südlich von Umag. Ich hatte die feste Absicht, mich zu verlieben. Einmal musste ich Laura etwas Gleichwertiges entgegensetzen können. Denn ihre Liebesabenteuer und meine nicht vorhandenen, das war ein Nullsummenspiel, das auf die Dauer unserer Freundschaft nicht gut tun konnte.

So weit, so gut – oder schlecht.

Nach ein paar Tagen näherte sich meinem Lagerplatz am Strand ein junger Mensch, männlich, der mir sofort gefiel. Er war groß, aber nicht riesig, schlank, aber nicht dürr, hatte schwarze Haare und stahlblaue Augen. Der Zeitpunkt seines Erscheinens hätte nicht günstiger sein können. Meine Mutter hielt gerade Siesta im Hotelzimmer und würde sicher nicht vor fünf Uhr an den Strand kommen.

Ich schaute den Jungen an, so verführerisch es nur ging, und er blieb tatsächlich stehen. Wie hatte ich das bloß gemacht? Hexerei! Ich kann es ja, dachte ich. Oh, es ist ganz leicht, ich kann es genauso gut wie Laura! Man muss es nur wollen und dann geht alles von alleine.

»So allein?«, fragte er.

»Genau!«, sagte ich.

»Das ist nicht gut«, sagte er.

»Finde ich auch!«, sagte ich.

»Darf ich mich zu dir setzen?«, fragte er.

»Aber gern!«, sagte ich.

Da saß er also. Neben mir auf der Strandmatte. Und kam ins Plaudern. Was man halt so erzählt, wenn man sich gerade kennen lernt. Er hieß Horst, war aus Deutschland, arbeitete in einem riesigen Elektrokonzern. Was er dort genau tat, kriegte ich allerdings nicht wirklich mit.

Es war mir auch völlig wurscht. Ich wollte etwas erleben. Etwas Laura-Mäßiges. Ich versprühte also meinen Scharm geballt in Richtung Horst und nach einer Stunde hatte ich ihn so weit, dass er am Abend mit mir tanzen gehen wollte. Knapp vor fünf Uhr sagte ich, ich müsse nun gehen. Ich wollte nicht, dass meine Mutter sich nach ihrer Siesta zu uns gesellen würde.

»Also dann, wir sehen uns am Abend. Im Rocky-Beach-Hotel«, sagte Horst. Ich nickte, winkte und lief davon. Meine Mutter, der ich auf dem Weg begegnete, lud ich zu Kaffee und Kuchen ins Strandcafé ein. Danach war es ein Leichtes, die Erlaubnis zum Ausgehen einzuholen.

»Aber bleib nicht bis fünf Uhr früh!«, sagte Mutter.

»Bestimmt nicht!«, sagte ich. »Ich werde fünf vor fünf da sein!«

Wir lachten.

Ich glaube, Mutter freute sich, dass ich jemanden kennen gelernt hatte. Vielleicht hatte sie sich schon Sorgen um mich gemacht. Dass ich eine alte Jungfer bleiben würde for the rest of my life. Oder so.

Es war ein schöner Abend. Wir tanzten viel, Horst tanzte gut, das überraschte mich. Es gibt nur wenige Jungen, die wirklich gut tanzen. Wir blödelten herum, es war lustig, später spendierte er mir einen Cocktail und danach war mir ein bisschen schwindlig.

Irgendwann gingen wir nach Hause, vor dem Hotel küsste er mich, und als ich in mein Zimmer ging, wusste ich, dass ich mich unsterblich in ihn verliebt hatte. (Na ja, so unsterblich war es nicht, wie sich später herausstellte.) Ich schlich mich leise ins Zimmer, aber so leise kann ich gar nicht schleichen, dass Mutter mich nicht hört, und sie fragte: »War's schön?«, und ich sagte Ja und sie sagte: »Gut!«

»Wie spät ist es?«, fragte sie dann, und ich sagte: »Nicht fünf vor fünf.« Sie schlief gleich wieder ein. Ich lag wach und dachte an Horst. Bis zur Dämmerung. Dann schlief ich auch.

Ich kann mich nicht erinnern, dass ich jemals so selig war wie an diesem Morgen. Na ja, es war eigentlich schon beinahe Mittag, als ich aufwachte, die Sonne schien voll ins Zimmer. Das späte Frühstück auf der Hotelterrasse war ein königliches Mahl und ich war die Königin. Dann lief ich zum Strand, um Horst zu sehen. Aber er war nicht da. Ich lief zurück in den Ort, die Hauptstraße entlang, irrte durch schmale Gässchen, lief wieder zurück auf die Hauptstraße und dann zu dem kleinen Hafen. Von dort verkehrten Boote in die nächste größere Stadt. Und da stand Horst in einer Menschenschlange, und wartete aufs Einsteigen.

»Horst!«, rief ich. Ich wunderte mich, dass ich überhaupt einen Ton herausgebracht hatte, so fassungslos wie ich war. Er trat aus der Reihe und kam auf mich zu.

»Ich reise ab!«, sagte er. Ich stand da wie vom Gewitterblitz getroffen.

»Heute?«, hauchte ich.

»Jetzt!«, sagte er.

»Wieso hast du nichts gesagt?«, fragte ich.

»Ich wollte es dir nicht unnötig schwer machen!«, sagte er.

Nicht unnötig schwer machen? Ja, war er denn von Sinnen? Ich hätte ihn tagelang gesucht, die Ungewissheit hätte mich verrückt gemacht, ich hätte ihn tot gewähnt, ertrunken, von einem Hai gefressen oder was weiß ich, und er wollte es mir nicht unnötig schwer machen? Er hatte sich einfach aus meinem Leben stehlen wollen!

Ich schüttelte den Kopf. Es war klar, dass *mir* so etwas passierte! Kaum hatte ich mich verliebt, war auch schon wieder alles vorbei. Laura wäre so etwas nie passiert!

»Gib mir deine Adresse«, sagte ich. Er schrieb sie in mein Adressbuch und ich schrieb ihm meine auf einen Notizzettel, den er in seine Geldbörse steckte. »Wir schreiben uns«, sagte er und da war ich ein bisschen versöhnt. Er machte noch ein Foto von uns beiden, mit Selbstauslöser, ich weinte und er sagte: »Wein nicht«, und ich weinte trotzdem, und dann ging er aufs Boot.

Ich lag den ganzen Tag auf dem Platz am Strand, wo ich Horst erst gestern kennen gelernt hatte. Es schien eine Ewigkeit her zu sein.

Die restlichen Urlaubstage verbrachte ich einsam und in mich gekehrt. Meine Mutter klagte über meine Muffigkeit. Aber ich konnte sie nicht ablegen.

Laura wurde in alles eingeweiht. Jedes Wort, das Horst

gesprochen hatte, bekam sie in direkter Rede vorgesetzt. Jede Bewegung, jeden Blick, jedes Senken der Augenlider, jedes kleinste Lächeln wurde minuziös vor ihr ausgebreitet. Jeder Herzschlag meinerseits, jede Gefühlsaufwallung, auch der Abschiedsschmerz, alles.

Dann wartete ich. Ja, meine Hauptbeschäftigung in den nächsten Tagen war Warten. Es kam kein Brief von Horst. Am ersten Tag nicht, am zweiten Tag nicht. Auch nicht am dritten Tag. Und ebenso wenig am vierten, sechsten oder zwölften.

Eine geraume Zeit verging, die Ferien neigten sich dem Ende zu und es war noch immer kein Brief von Horst gekommen. Da beschloss ich die Initiative zu ergreifen, da die Aussichten auf ein briefliches Fortspinnen meiner Liebesbeziehung zu Horst von Tag zu Tag geringer wurde.

Also raffte ich meine ganzen Briefschreibkünste zusammen und schrieb einen wunderschönen und wunderlangen Brief. Und wirklich – nach einiger Zeit kam die heiß ersehnte Antwort, allerdings nicht so heiß wie ersehnt.

Es entspann sich doch noch ein Briefwechsel zwischen Horst und mir, wobei die Intervalle meiner Antworten kürzer waren als die seiner.

Laura bekam jede Zeile unseres Briefwechsels zu hören. Erst viel später, zu spät, merkte ich, dass das ein entscheidender Fehler gewesen war, auf Grund dessen sich die Sache immer mehr zu meinen Ungunsten entwickelte.

Und das kam so:

Zunächst schickte meine liebe Freundin Laura dem lieben Horst liebe Grüße und der liebe Horst schickte der lieben Laura liebe Grüße zurück. Dagegen wäre ja nichts einzuwenden gewesen.

Dann schickte meine liebe Freundin Laura dem lieben Horst viele Bussi aufs Bauchi, eine Formulierung, die eigentlich meine Erfindung war, aber der liebe Horst wusste nichts von dieser Verletzung der Urheberrechte und war entzückt.

Der nächste Schritt war, dass die liebe Laura dem entzückten Horst selber einen Brief schrieb – die Adresse musste sie aus meinem Adressbuch gestohlen haben, was ein zweites Plagiat war – und dem lieben Horst nebst Brief auch ein Foto schickte, auf dem die liebe Laura ziemlich lieb aussah.

Nun war Horst nicht mehr zu retten. Er verliebte sich tatsächlich in die Foto-Laura. Und schrieb nun *ihr* Briefe, in denen er manchmal einen schönen Gruß an mich schickte.

Ich war zerstört. Mein ohnehin schwaches Selbstbewusstsein hatte einen Tiefschlag erhalten. Vor lauter Kummer stopfte ich Unmengen von Schokolade in mich hinein, als Seelentröster, mein Körper speicherte den Trost in sichtbaren Rundungen, was auch kein Trost war. Laura indes wurde eine immer strahlendere Erscheinung.

So konnte es nicht weitergehen. Ich nahm mir vor, die Sache nicht mehr ernst zu nehmen, was mich aber nicht davor bewahrte, dass sie mich entsetzlich wurmte.

Die Briefe wurden immer intensiver und alles das, was Horst eigentlich *mir* hätte schreiben müssen, das schrieb er nun *ihr*, die er gar nicht kannte. Es war absurd! Und Laura schwebte auf Liebeswolken.

Die Sache kulminierte in dem Punkt, da Horst meiner lieben Freundin Laura schrieb, dass er sie über alles liebe und sie unbedingt kennen lernen müsse und dass er, sobald er ein paar Tage Urlaub bekäme, nach Österreich fahren und sie besuchen werde.

Das Maß war voll. Es musste etwas geschehen!

Nach vielen Stunden intensivster intriganter Denkarbeit hatte ich einen Plan entwickelt, der funktionieren musste: Ich würde meine liebe Freundin Laura veranlassen, dem lieben Horst zu schreiben, ich sei tot. Ja, tot! Damit, so spekulierte ich, träfe ich zwei oder vielleicht sogar drei Fliegen auf einen Schlag:

Erstens ist Laura – wie gesagt – für jeden Spaß zu haben. So unsinnig kann ein Unsinn gar nicht sein, dass Laura ihn nicht mitmacht.

Zweitens – so dachte ich – würde die liebe Laura es auch

liebend gerne tun, weil sie glauben würde, Horst dann ganz für sich allein zu haben.

Drittens war es für mich ein überaus interessantes Experiment, das Aufschluss darüber geben würde, wie ein Mensch auf die Nachricht von meinem Tod reagierte.

Und viertens – und das war natürlich der Hauptgrund der ganzen Aktion – vermutete ich, dass, wenn der liebe Horst von meinem Tod erfahren würde, er doch so pietätlos nicht sein konnte, dass er über meine Leiche hinweg ein Liebesbriefverhältnis mit meiner besten Freundin aufrechterhalten würde.

Punkt vier erwähnte ich Laura gegenüber natürlich nicht. Immerhin trug ich das Risiko. Denn sollten sich meine Spekulationen als falsch herausstellen, dann hätten die beiden bezüglich ihres Liebes(brief)verhältnisses freie Hand und ich keine Möglichkeit mehr, einzugreifen, da ich ja nicht gut von den Toten auferstehen konnte.

Man würde ja sehen.

Ich verfasste den Brief, in dem ich schilderte, wie tot ich war, und Laura schrieb ihn ab, unterschrieb ihn und schickte ihn an Horst.

Langes, banges Warten.

Dann kam sein Brief.

Und ich hatte mich in der Psyche des lieben Horst nicht getäuscht. Er reagierte wie ein von mir programmierter Computer.

Er schrieb: Er wolle meine liebe Freundin Laura über den Verlust ihrer besten Freundin hinwegtrösten, sie müsse jetzt stark sein, er verstehe, dass es hart sei, einen Menschen zu verlieren, der einem so viel bedeutet hatte.

Er habe mich ja auch gekannt als fröhliches, lebenslustiges, kluges, gut aussehendes, witziges, nettes und scharmantes Mädchen und er sei tief traurig darüber, dass meinem hoffnungsvollen Leben schon in so jungen Jahren vom Herrn da droben, der es ja wissen musste, ein Ende bereitet worden sei. Es sei unfassbar, unglaublich und unvorstellbar für ihn, dass ich tot sei, da er mich als so ein lebendiges Mädchen gekannt hatte.

So schöne Sachen hatte er mir in allen seinen Briefen nie geschrieben. Es hatte sich ausgezahlt, für einen solchen Brief zu sterben.

Dann galt es, noch weitere Reaktionen abzuwarten. Laura wartete, ich wartete, aber es kam nichts mehr. Keine weitere Nachricht von Horst.

Mein brieflicher Tod war das Ende von Lauras Liebeswolken.

Nun könnte es natürlich sein, dass Laura mir alle weiteren Briefe von Horst verheimlicht hätte. Aber das glaube ich nicht. Das würde gar nicht zu Laura passen.

Ich habe ihr allerdings über die wahren Hintergründe meines Totseins nie die Augen geöffnet. Und das passt auch nicht zu mir.

Barbara Dieck

Rosen, Nelken und Narzissen ...

Janina klingelte Sturm, hatte nicht den Nerv, in ihrem Rucksack nach dem Schlüssel zu wühlen. Der Kopf tat so weh von all den unterdrückten Tränen. Endlich sprang die Haustür auf.

»Nanu, schon zurück? Hat die Generalprobe gut geklappt?«

Wortlos schüttelte Janina den Kopf, dass ihre hellbraunen Locken flogen. Sie stürmte an der Mutter vorüber zur Garderobe, schnappte sich die Leine und legte sie dem Setter um, der begeistert an ihr hochsprang.

»Was ist los, Janni?«, fragte die Mutter.

Wieder schüttelte das Mädchen nur wild den Kopf. Blind vor Tränen stolperte es fast über den Hund.

»Ich geh mit Ringo spazieren«, stieß Janina mühsam hervor. Die Treppe hinunter und raus an die frische Luft! Ihr war, als müsste sie ersticken.

Nach einer halben Ewigkeit erreichten Mädchen und Hund den Stadtrand, wo ein schmaler Bach an Schrebergärten vorbei in offenes Wiesengelände plätscherte und später zwischen hohen Bäumen verschwand. Zum Glück war kaum jemand unterwegs. Janina lief langsamer, folgte Ringo, der dem Wäldchen entgegenstrebte. Sie holte tief Luft und ließ die Tränen jetzt aus sich heraus ...

Dort, wo der Bach sich hinter bemoosten Steinen staute und dunkelbraune Tümpel bildete, war die Stelle, wo sie früher gespielt hatten. Und dahinter – ja, man konnte sie tatsächlich noch erkennen – die Höhle mitten im Weißdorngestrüpp. Ein paar Äste waren noch immer mit Seilen zusammengebunden und die vergilbten Seiten einer Jugendzeitschrift schimmelten unter einem Stein. Wie viele Nachmittage hatten sie dort miteinander geschwatzt, Geheimnisse ausgetauscht und wichtige Probleme beraten?

»Dieses gemeine Biest!« Janina schluchzte laut auf, zwängte sich durch die kratzenden Zweige und ließ sich ins gelbbraune Gras plumpsen. Als sie die Hände aufstützte, berührte sie etwas Rostiges. Eine Haarspange. Hatte sie Anni oder ihr selbst gehört?

Janinas Körper lief über vor Tränen, in ihr drin war alles wund. Der Setter schlabberte ihr mit seiner feuchten Zunge übers Gesicht. Dann hockte er sich auf die Hinterbeine und sah sie fragend an. Janina schlang die Arme um seinen warmen Hals.

»Ich habe geglaubt, ich könnte ihr vertrauen ... alles habe ich ihr erzählt – auch alles über Daniel!« Sie presste ihr Gesicht in das rotbraune Fell und weinte es nass. Ringo hielt ganz still, bis das Mädchen den Kopf wieder hob.

»Warum hat sie das getan? Warum? Sie hat doch gesagt, ihr macht es nichts aus, wenn ich die Hauptrolle spiele. Weil ich ihre beste Freundin bin. Und dann macht sie so was!« Janina weinte vor sich hin und Ringo hörte zu.

»Ich wette, sie ist selbst in Daniel verknallt, die falsche Schlange, obwohl sie immer so gleichgültig tat. Dabei wollten wir auf ewig Freundinnen bleiben und uns nie gegenseitig belügen. Ha! Das hätte ich Anni nicht zugetraut – nie im Leben!« Janina schleuderte einen Stein in den Bach, dass es platschte. Der Hund bekam einen Spritzer ab und schüttelte sich. Dann streckte er sich lang aus und legte seine Pfoten übereinander.

»Anni soll verflucht sein!«, fauchte Janina, während sie die halb vermoderte Zeitschrift in tausend Schnipsel zerriss. »Sie soll einen Hängebusen bekommen, Schuhgröße siebenundvierzig und das ganze Gesicht voller ekliger eitriger Pickel. Genau!«

Nachdem der Bach die Papierschnipsel davongetragen und Janina auch noch die alte Haarspange in seinen Fluten versenkt hatte, kniete sie sich in den Kies und wusch sich das

Gesicht mit kaltem Wasser. Das tat gut! Langsam verschwand das Gefühl, eine zu enge Jacke anzuhaben.

Janina legte sich neben Ringo auf den Waldboden und verschränkte die Arme unter dem Kopf. Durch die Zweige des Weißdornbusches konnte sie den klaren Abendhimmel erkennen ...

Gleich zu Anfang der Sechsten hatten Anni und sie sich in der Theater-AG angemeldet. Inzwischen, nach gut zwei Jahren, zählten beide zu den »Spitzenstars«.

Als vor vielen Wochen die Feierlichkeiten zum dreißigjährigen Jubiläum der Schule geplant wurden, wählte Frau Kleinschmidt ein mittelalterliches Ritterepos aus, das sie mit ihren Schülern aufführen wollte. Weibliche Darsteller gab es reichlich, sie stammten aus sämtlichen Jahrgängen. Die Jungen aber machten sich rar. Deshalb hatte Frau Kleinschmidt sich selbst die Hand geschüttelt, als sie Daniel überreden konnte, ihrer AG beizutreten.

Daniel – eine Lichtgestalt aus der Zehnten: ziemlich groß, überschlank, mit kurzem, lackschwarzem Stoppelhaar und strahlenden hellgrauen Augen. Wahnsinn, dieser Kontrast! Obendrein besaß er eine Stimme, die bei Janina wohlige Schauer auslöste.

Logisch, dass Daniel den ritterlichen Helden darstellen sollte. Sein Ersatzmann, ein übergewichtiger, ziemlich tollpatschiger Kerl aus dem neunten Jahrgang, war neben ihm die reinste Lachnummer! Doch es gab keine Alternative.

»Die Zweitbesetzungen sind genauso wichtig wie die ersten Rollen«, erklärte Frau Kleinschmidt. »Sie müssen jederzeit einspringen können, wenn jemand ausfällt. Außerdem werden beide Teams zum Zuge kommen. Das erste Team tritt am Samstagabend in der Stadthalle auf, das zweite am Montagmorgen in unserer Turnhalle. Aber ich habe ein Riesenproblem: Wer von euch beiden spielt das Edelfräulein Eloise eins und wer übernimmt Nummer zwei?« Ratlos schaute sie von Janina zu Anni und von Anni zu Janina.

Janina blieb fast das Herz stehen! Nichts wünschte sie sich sehnlicher, als Daniels Geliebte zu sein – wenigstens auf der Bühne. Sie fühlte, dass ihr Gesicht glühte. Kurze Zeit sagte niemand ein Wort.

»Lassen Sie Janni die Hauptrolle spielen«, hörte sie Anni schließlich sagen. »Ich verzichte freiwillig.« Aber ihre Stimme zitterte ein bisschen und klang nicht sehr überzeugend.

»Könntest du die Entscheidung nicht treffen, Daniel?«, fragte Frau Kleinschmidt. »Aber das wäre wahrscheinlich auch ziemlich blöd.«

»Eben!« Daniel grinste. »Ich denke, Anni und Janni sollten losen, da sie wirklich beide gleich stark spielen.«

»Das finde ich fair«, meinte Anni. »Was denkst du?«

Janina nickte. »Abgemacht.«

Sie gewann und damit war die Rollenverteilung klar. Anscheinend trug Anni ihr Schicksal mit Fassung, während Janina völlig aufging in ihrem Spiel mit Daniel:

Daniel, der sich in seiner Ritterrüstung tief vor ihr verbeugte;

Daniel, wie er ins Turnier ritt und ihr, seiner Angebeteten, eine Kusshand zuwarf;

Daniel, der unter ihrem Balkon ein Minnelied sang und als Dank eine Rose erhielt.

Daniel ... sie lauschte seiner Stimme, hing an seinen Blicken, wünschte, ihr Spiel wäre Wirklichkeit.

Janina lebte von Mittwoch zu Mittwoch, sehnte die Proben herbei wie andere Leute das Wochenende. Für sie gab es kein Thema mehr außer Daniel, und sie vertraute all ihre Gedanken, Wünsche und Sehnsüchte Anni an – Anni, ihrer besten Freundin. Auch den Brief, den Janina an Daniel schrieb, aber nie abschickte, bekam Anni zu lesen. Und Anni machte Fotos während der Proben, damit Janni ein Bild von Daniel bekam.

Als das Schuljubiläum und damit die Aufführung näher rückte, gerieten die Teilnehmer der Theater-AG ziemlich in Panik.

»Ich werde wahnsinnig«, schrie Frau Kleinschmidt mindestens dreimal in jeder Probe, wenn jemand seinen Text vergaß oder nicht gleich auf sein Stichwort reagierte. »Kinder, lernt gefälligst euren Text, sonst blamieren wir uns in Grund und Boden!« Dabei hüpfte sie auf der Stelle und raufte sich ihre grau melierten Haare. Nur mit Janina und Daniel war Frau Kleinschmidt meistens zufrieden.

»Ihr schmachtet euch an wie im wirklichen Leben«, lobte sie. Das war an dem Nachmittag, als Daniel Janinas Hand viel intensiver küsste als sonst. Und während er sich wieder aufrichtete, sah er ihr so tief in die Augen, dass ihre Kopfhaut kribbelte.

»Ist dir aufgefallen, Anni, dass er heute noch leidenschaftlicher war als sonst?«, fragte Janina später. Die Freundinnen trafen sich jetzt beinahe täglich, um sich gegenseitig ihre Rolle abzuhören.

»Nö«, meinte Anni, »Aber ich hab auch nicht darauf geachtet.«

Dann war es so weit. Nur noch fünf Tage bis zur Aufführung!

»Am Freitagnachmittag ist die Stadthalle frei«, verkündete Frau Kleinschmidt beim nächsten Treffen. »Um siebzehn Uhr startet die Generalprobe für die erste Besetzung mit Kostümen, Masken und allem Drum und Dran. Die zweite Besetzung guckt zu. Seid gefälligst pünktlich!«

Ausgerechnet am Freitag beim Frühstück blieb eine ihrer Zahnfüllungen in Janinas Vollkornbrötchen stecken. Danach zog und bitzelte es in ihrem Kiefer, sobald sie den Mund aufmachte.

»Das halte ich nicht aus!«, mümmelte sie unter Tränen. Dann steckte sie ihre Zungenspitze in die schmerzende Zahnruine. Doch sie bekam eine Tablette von ihrer Mutter und einen Zahnarzttermin am späten Vormittag.

»Bis um fünf«, sagte sie, als sie nach der vierten Stunde ihre Klasse verließ, »ciao!«

»Ciao«, rief Anni. »Beiß Dr. Ludwig nicht in den Finger!«

Das war nicht nötig, denn Janina bekam eine Spritze. Später, als das taube Gefühl in ihrer Backe abgeklungen war, konnte sie wieder halbwegs normal sprechen. Sie rief Anni an, um sich die Hausaufgaben für Englisch geben zu lassen.

»Ich bin schon ganz zittrig vor Aufregung«, sagte sie dann. »Garantiert versaue ich die gesamte Generalprobe!«

»Garantiert nicht«, sagte Anni, »bis nachher!«

»Bis nachher. Gegen fünf in der Stadthalle.«

»Ja, in der Stadthalle ... du, Janni?«

»Ja?«

»Ach, nichts. Ciao!«

Als Janina um Viertel vor fünf die Stadthalle betrat, war die Generalprobe in vollem Gange. Genauer gesagt war sie bereits halb gelaufen! Es spielte die erste Besetzung – mit Ausnahme von Janina. An ihrer Stelle lehnte Anni am Balkongeländer, um Ritter Daniels Minnelied zu lauschen ... und sie trug das lange, grüne Seidengewand des Edelfräuleins Eloise. Den Blumenkranz in ihrem rötlichen Haar hatte Janinas Mutter gebastelt!

Als Anni ihre Freundin zwischen den Stuhlreihen auftauchen sah, wurde sie bleich unter der Schminke. Sie schlug die Augen nieder und fummelte an ihrer Gürtelschnalle herum.

Daniel ließ seine Laute sinken und rief erfreut: »Janni, da kommst du ja doch noch! Wir dachten, du seist dem Zahnarzt zum Opfer gefallen.«

»Wieso erscheinst du erst jetzt?«, fragte Frau Kleinschmidt.

»Ich habe mir siebzehn Uhr notiert.« Janinas Stimme klang hohl.

»Das darf doch nicht wahr sein!« Frau Kleinschmidt raufte sich die Haare. Auf ihrer Stirn glitzerten Schweißtröpfchen. »Während der fünften Stunde habe ich eine Durchsage gemacht, dass wir früher anfangen. Nachher ist die Stadthalle besetzt!«

»Nach der vierten Stunde war ich beim Zahnarzt ...«

Fassungslos schüttelte die Lehrerin den Kopf, schaute zu Anni hinüber. »Hast du Janni nicht informiert?«

»Mein Gott – das hab ich total vergessen!« Anni starrte Frau Kleinschmidt an.

»Ja, kann man sich denn auf nichts mehr verlassen heutzutage?«

»Wir können doch noch mal von vorn anfangen«, meinte Daniel, »wenn wir ein bisschen schneller spielen.« Seine Rüstung war auf Hochglanz poliert und funkelte im Scheinwerferlicht. Staubkörnchen tanzten in der Luft.

»Das können wir eben nicht!« Die Lehrerin sah auf ihre Uhr, schnipste sich die Haare aus der Stirn. »Wir machen jetzt weiter, wo wir stehen geblieben sind, zum Donnerwetter. Irgendwann müssen wir mal zu Potte kommen. – Sorry, Janni, dann spielst du eben die zweite Besetzung.«

»Das finde ich aber ziemlich fies«, meinte Jennifer, die Eloises Hofdame darstellte und mit einem riesigen bunten Fächer herumwedelte.

»Kann ich nach Hause gehen?«, fragte Janina leise. »Ich habe immer noch schreckliche Zahnschmerzen.«

Frau Kleinschmidt musterte sie forschend und nickte. Dann schob sie die Ärmel ihres Pullovers hoch und rief: »Daniel, wo bleibt dein Stichwort?«

Wie sie nach Hause gekommen war, wusste Janina nicht genau. Dort hatte sie sich jedenfalls Ringo geschnappt und jetzt verkroch sie sich in der Weißdornhöhle.

Es war so erbärmlich, so erniedrigend ... Anni wusste alles über sie, kannte jede ihrer Schwächen und fast alle ihre Geheimnisse. Sogar die Sache mit den Briefen, die ihre Mutter zwischen den Nachthemden aufbewahrte ... Janinas Gesicht wurde heiß. Anni hatte ihre Freundschaft verraten, ihr Vertrauen missbraucht, hatte sie belogen und betrogen.

Und obendrein dieses unschuldige Getue!

»Das hab ich total vergessen.« Ha, ha, ha! Nie im Leben

würde sie das glauben. Aber immerhin war Anni käsebleich geworden, wie jedes Mal, wenn sie sich mächtig aufregte.

Janina guckte auf ihre Armbanduhr. Vermutlich waren sie jetzt fertig mit der verdammten Generalprobe. Aber morgen, morgen würde Anni erneut neben Daniel auf der Bühne stehen. Sie würde von ihm umworben werden und sich die Hand küssen lassen. Und wenn das Stück zu Ende war, würde sie sich an seiner Seite verbeugen, um den Beifall entgegenzunehmen. Anni – nicht sie selbst!

Doch vielleicht – Janinas Herz schlug plötzlich schneller – vielleicht war ja alles schief gegangen? Vielleicht würde Frau Kleinschmidt doch noch entscheiden, dass Janina morgen Abend auftreten sollte ...

»Quatsch!« Anni spielte kein bisschen schlechter als sie. Janina knickte einen Weißdornzweig ab und brach ihn in kleine Stückchen. Der Setter hob den braunen Kopf, um ihr aufmerksam zuzuschauen. Dann stupste er sie mit seiner feuchten Nase. Aber Janina hatte absolut keine Lust, jetzt Stöckchen zu werfen.

Sie hätte zu gern gewusst, ob Anni selber auch ein Foto von Daniel behalten hatte. Vielleicht lag es unter ihrem Kopfkissen und sie betrachtete es jeden Abend, weil sie von Daniel träumen wollte. Dabei hatte sie ständig behauptet, dass er zwar ganz passabel aussah, aber absolut nicht ihr Typ sei. Pah!

Janina erinnerte sich, wie sehnsüchtig Anni oft auf die Bühne geschaut hatte, wenn sie selbst neben Daniel auftrat. Es hatte ihr jedes Mal einen Stich versetzt, obwohl sie sich deswegen schämte. Denn eigentlich konnte sie gut begreifen, dass Anni gern ihren trampeligen Partner gegen Daniel eingetauscht hätte.

Janina blinzelte eine Träne fort und kaute auf einem Grashalm. Zwischen den Blättern am Bachufer raschelte es und ein Frosch tauchte ins Wasser. Ringo beobachtete ihn, verzog aber keine Miene.

Ob es Anni vielleicht doch nicht in erster Linie um Daniel

gegangen war, sondern um ihren eigenen Auftritt am Samstagabend – vor einem Riesenpublikum in der Stadthalle, mit festlichem Brimborium und Zeitungsfritzen?

Janina dachte an einen Nachmittag vor knapp zwei Wochen. Sie hatten nebeneinander vor Annis Bett auf dem Flickenteppich gesessen und ihre Rolle geübt. Während sie selbst schon fast krank war vor Lampenfieber, hatte die Freundin nur mit den Schultern gezuckt.

»Wozu soll ich mich verrückt machen? Für die Schülervorstellung in der Turnhalle wird's allemal reichen.«

Annis Stimme klang verbittert, aber Janina hatte nicht weiter darauf geachtet. Sie war viel zu sehr mit ihrer eigenen Vorfreude auf die nächste Probe mit Daniel beschäftigt.

Daniel! Janina musste schon wieder schlucken. Nie wieder würde er ihre Hand küssen, nie wieder in ihre Augen sehen, als könnte er sich kaum halten vor brennender Liebe zu ihr.

»Wir werden uns nie wegen eines Jungen streiten«, hatten Anni und sie einst beschlossen. Das war damals im fünften Schuljahr, als alle in der Klasse anfingen sich Briefchen zu schreiben. »Falls wir uns tatsächlich in denselben Typ vergucken, gehen wir abwechselnd mit ihm oder verzichten beide.«

Na toll! Janina lachte unter Tränen. Als ob das so einfach wäre ... Aber so war ihre Freundschaft eben gewesen: einfach und selbstverständlich. Und sie existierte seit ewigen Zeiten.

Bereits im Kindergarten hatten Anni und Janni immer zusammengesteckt und alles gemeinsam gemacht. Wenn die eine Zoff mit jemandem hatte, streckte ihm auch die andere die Zunge raus und ließ ihn nicht mehr mit ihren Buntstiften malen. Beide wollten bis an ihr Lebensende zusammenbleiben und irgendwann Jürgen und Bert heiraten, die ebenfalls als unzertrennlich galten. Dabei war es absolut schnuppe, wer wen abbekam. Auf jeden Fall würden sie gemeinsam in einem behaglichen Bauernhaus mitten in einer Wiese wohnen.

Auch während der Grundschule hatte sich nichts an dieser Freundschaft geändert. Anni und Janni saßen stets nebeneinander, schwärmten beide für ihren Klassenlehrer und hassten Frau Ewald, die Musik unterrichtete. Sie luden dieselben Kinder zum Geburtstag ein und aßen beide am liebsten Käsekuchen ohne Rosinen. Sie brachten es sogar fertig, gleichzeitig die Windpocken zu bekommen!

Janina grinste, aber dabei zog sich ihr Magen zusammen. Dann fiel ihr auch noch das Poesiealbum ein, das Anni ihr zum elften Geburtstag geschenkt hatte. Es war leuchtend blau mit winzigen goldenen Glitzersternen und besaß seit Jahren einen Ehrenplatz auf Janinas Bücherregal. Auf der allerersten Seite stand in Annis staksiger Handschrift:

»Rosen, Nelken und Narzissen
werden bald verwelken müssen.
Aber wie das Immergrün
soll stets unsere Freundschaft blühn!«

Als Janina losheulte, fuhr der Setter erschrocken zusammen und rappelte sich hoch. Sie hatte die Arme um die Unterschenkel geschlungen, sodass ihre Tränen zwischen den Knien hindurch ins Gras tropften. Der Hund legte ihr eine Pfote aufs Bein und sie fühlte seine feuchte Nase auf ihrer Wange. Janina angelte ein total durchweichtes Taschentuch aus ihrer Jeanstasche. Dann legte sie einen Arm um Ringo.

Auf dem Bach zogen zwei Enten vorüber, gemächlich, beinahe lautlos. Sie hielten die glänzenden Köpfe gerade, fast würdevoll, und strahlten Ruhe und Frieden aus. Anscheinend hatten sie keinerlei Probleme, ihr Dasein war einfach und selbstverständlich.

Im Grunde hatte es aufgehört, einfach zu sein, als Anni ihre Periode bekam und Janni noch lange nicht. Beide spürten deutlich, dass sich ihre Beziehung veränderte, aber sie begriffen nicht, warum und auf welche Weise. Als ihre Freundin den ersten BH trug und hautenge T-Shirts kaufte, die Busen und Taille betonten, kam Janni sich vor wie ein ungelenkes Fohlen auf staksigen Klapperbeinen.

»Mach dir nichts draus«, hatte Anni damals gesagt und ihre langen Haare schwungvoll nach hinten geworfen. »Bei dir ist es garantiert auch bald so weit.«

Aber Janni machte sich was draus und am meisten machte es ihr zu schaffen, dass Anni auf einmal andere Dinge wichtig waren als ihr. Dieses selige Leuchten in ihren Augen, wenn der doofe Philipp sich in der Nähe herumtrieb ...

»Du bist halt ein Spätzünder«, hatte Anni lachend gesagt und sie in die Arme genommen. Aber obwohl sie beide nach wie vor fast ihre gesamte Freizeit miteinander verbrachten, spürte Janni dieses unangenehme Gefühl von Unterlegenheit. Als der blöde Philipp sie bat, Anni von ihm zu grüßen, hatte sie es glatt vergessen. Na ja ...

War damals nicht auch diese Sache mit den Jeans passiert? Janina nagte an ihrer Unterlippe, während sie Ringos Fell streichelte.

Na klar doch! Anni brauchte eine neue Hose und Janni musste sie bei der Anprobe beraten. Während die Freundin ein halbes Dutzend Exemplare testete, hatte Janni deren knackige und trotzdem schlanke Figur mit ihrer eigenen verglichen ...

»Also, ich glaube, diese hier nehme ich!« Anni strahlte übers ganze Gesicht und drehte sich vor dem Spiegel. Die Jeans saßen wie angegossen.

»Die vorige sah besser aus«, behauptete Janni. »In dieser wirkst du wie eine zu fest gestopfte Wurst!« Daraufhin hatte Anni die Super-Jeans zurückgegeben und eine Schlabberhose gekauft.

»Kinderkram«, sagte Janina laut vor sich hin, »die Geschichte ist ja längst verjährt!« Der Setter neben ihr blinzelte, als ob er alles verstünde. Da guckte sie rasch woandershin.

Janina konnte sich nicht genau erinnern, wann sie endlich ihre Tage bekommen hatte. Jedenfalls lud sie Anni zur Feier dieses Ereignisses zum Eisessen ein und irgendwie hatte damit ein neuer Abschnitt ihrer Freundschaft begonnen ...

Komisch, dass ihr das bis heute nicht aufgefallen war. Auf einmal sendeten Anni und sie wieder auf derselben Frequenz, hatten Gesprächsstoff ohne Ende – und ernteten Vermerke in der Schule.

Janina und Annegret stören den Unterricht durch permanentes Schwätzen. Janina grinste.

Auch ihre »Telefonitis« geriet in die heiße Phase, sodass Eltern und Restverwandte regelmäßig ausflippten.

»Vor zehn Minuten habt ihr euch getrennt«, schimpfte der Vater mehr als einmal. »Was ist inzwischen Weltbewegendes passiert, dass ihr schon wieder tratschen müsst?«

Tja, was war eigentlich Weltbewegendes geschehen? Ihre beste Freundin hatte ihr verschwiegen, dass die Probe früher als geplant beginnen würde, und hatte dadurch die Hauptrolle für morgen Abend ergattert. Sie selbst, Janina, hatte nie bemerkt, wie wichtig diese Rolle für ihre beste Freundin war. Sie selbst, Janina, hatte diese Rolle schon x-mal gespielt. Konnte sie da nicht einmal verzichten? Wenn Daniel tatsächlich in sie verliebt war, würde sich dadurch kaum etwas ändern.

Janina holte tief Luft, gab Ringo einen Klaps und krabbelte aus der Höhle.

Unter den hohen Bäumen wurde es dämmerig und das Gras glänzte feucht. Janina klopfte sich Laub und Dreck von den Jeans, streckte Arme und Beine.

Auch Ringo reckte seinen rotbraunen Körper, dann tapste er in den Bach um zu trinken. Ein Fichtenzapfen trieb mit der Strömung heran, wurde in den Strudeln zwischen ein paar Steinen herumgewirbelt, geriet in ruhigeres Wasser und schwamm friedlich davon.

Als der Setter die Tropfen aus seinem Fell geschüttelt hatte, machten sich Mädchen und Hund auf den Heimweg.

Die Luft war kühl und klar. Es roch nach Erde und feuchtem Laub. Neben dem Pfad fand Janina ein Holzstöckchen. Sie warf es hoch durch die Luft über die Wiese. Begeistert fegte der Setter hinterher, dass seine braunen Ohren im Wind wehten. Janina vergrub ihre kalten Hände in den Jeanstaschen und marschierte ihm nach.

Ringo schnappte das Stöckchen noch im Fluge und hechelte stolz herbei, seine Beute zwischen den Zähnen. Hoffnungsvoll blickte er zu Janina auf. Sie griff zu, holte aus, wieder flog der Stock in hohem Bogen durch die Luft.

Am wolkenlosen Himmel funkelten die ersten Sterne. Aber ein Flugzeug hoch oben wurde noch von der Sonne beschienen. Aus einem der Schrebergärten klangen leise Stimmen und der Duft von Dahlien und Herbstastern quoll über den Zaun.

Janina tätschelte Ringos Kopf und nahm ihn an die Leine. Ob Anni schon angerufen hatte? Oder womöglich zu Hause auf sie wartete?

Janina seufzte. Es wäre nicht schlecht, wenn Anni ihr heute aus den Augen (und Ohren) bliebe. Ein bisschen Zeit brauchte sie noch. Aber trotzdem – sie atmete tief die frische Abendluft –, beste Freundinnen waren eben auch nur Menschen. Vielleicht durfte man nicht zu viel von ihnen verlangen ...

Hermann Mensing

Leider, Lila

Freitag, 1. Juli

Nachmittags

Himmel, wie Nina wieder angibt! Als wäre sie eine Diva aus Hollywood. Drehung links, lächeln, huldvoll winken, hätätäää hier und hätätäää da. Hauptsache, die Jungs sehen sie.
Mama sagt, ich soll mich nicht aufregen.
Mama sagt, Hunde, die bellen, beißen nicht.
Ich weiß nicht, ob ich das richtig verstehe, aber Nina und ihr Getue regen mich trotzdem auf! Außerdem ist Nina kein Hund. Sie war mal meine beste Freundin.
MEINEBESTEFREUNDIN!!!
meinenina
Ich kann das noch immer nicht glauben!
Sie tut so, als hätte ich ihr alles verziehen.
Aber da ist sie schief gewickelt!
Carsten hat sie mir ausgespannt. Da hat sie gewonnen.
Den Band-Abend gewinnt sie nicht!
Dafür lege ich meine Hand ins Feuer.

Im Bett

Als ich nach der Schule auf den Bus wartete, kam Nina und sagte, wie sehr sie sich auf den Band-Abend freue. Wie Klasse das würde, ganz bestimmt. Und dass sie jetzt einen neuen Trommler hätten – Dirk.
Ach ja?, sag ich.
Dann ist sie abgerauscht, weil Papa kam, um sie abzuholen.
Wie die mit dem rumscharwenzelt!!!
Und wie Papa sich aufbaut, wenn sein Ninalein auf der Bühne steht. Dann protzt er mit seinem Camcorder. Töchterchen von links und von rechts, mit Zoom und allem Zick und Zack.
Übrigens – ich kenne Dirk. Ich seh ihn manchmal im Bus.

Noch später

Liebes Tagebuch, ich habe einen Verdacht!
Kann es sein, dass Nina versucht, die Jungs mit ihren kleinen Brüstchen verrückt zu machen? Siehe Carsten!
Sie schiebt sie immer so vor!!! Heute an der Bushaltestelle dachte ich, sie müsste nur Glöckchen dranmachen.
Blöde Zicke!
Hoffentlich kriegt sie Pickel!!!
So, jetzt mach ich das Licht aus.

Noch später

Einschlafen ist nicht. Ich muss die ganze Zeit an Dirk denken. Besonders gut sieht er nicht aus, das kann es also nicht sein. Werde morgen unseren Trommler ein wenig aushorchen, er kennt ihn. Obwohl Dirk ja nie viel mit den anderen rumhängt. Ist eher ein Einzelgänger. Wo immer er sitzt (ich seh ihn ja nur im Bus), träumt er und trommelt auf Rückenlehnen und so.
Das wäre was, wenn Nina versucht, sich den auch noch unter den Nagel zu reißen! Die ist doch sowieso immer schon mittendrin und nur zufrieden, wenn alle um sie rumscharwenzeln. Die lässt sich von Jungs sogar Cola holen. Ja. Kein Scheiß! Und nimmt sie dann ganz großzügig. Ich glaube, sie bezahlt sie nicht mal.

Montag, 4. Juli

Neues von der Band?
Nein, nichts. Nur Neues von Nina. Jeden Tag Neues von Nina. Jetzt sagen alle, Ninas Papa würde nächste Woche einen Producer ranschleppen. So einen Plattenheini. Papa hätte Verbindungen. Papa wolle auf Teufel komm raus, dass sein Töchterchen Karriere macht.
Was *No Doubt* kann, könne sie auch, hätte Nina gesagt.
Unser Trommler sagt, Dirk wäre nicht schlecht. Er sagt aber auch, dass es wenig nutzt, einen guten Trommler zu haben, wenn der Rest der Band Scheiße ist. Und Ninas Band könne man in der Pfeife rauchen!

Na ja, so sicher wäre ich mir da auch wieder nicht.
Morgen ist Probe.

Dienstag, 5. Juli
Was für eine Probe! Die PA hat schon beim Stimmen den Geist aufgegeben. Einmal aufgeheult, dann war sie mit einem Knall ruhig. Fränkie hat eine halbe Stunde geschraubt und gelötet, ehe das behoben war. Als wir dann endlich angefangen hatten, vermasselte Bibi einen Einsatz nach dem andern. Ich hab sie gefragt, wieso, sie könne doch sonst ganz gut Bass spielen?
Sie hat gesagt, sie hätte ihre Tage.
Na ja, entschuldigt. Besser jetzt als nächste Woche.
Abends
Wer setzt sich heute im Bus wohl neben mich?
Na? Dreimal darf ich raten.
Genau!
Ich weiß gar nicht, was ich sagen soll. Süß ist er. Er hat mir von einem Buch erzählt, das er gerade liest. Irgendwas mit Raumschiffen und Galaxien. Ich hab nicht so recht durchgeblickt. Er aber auch nicht.

Mittwoch, 6. Juli
Der Direx war da und hat eine Rede gehalten.
Von wegen was auf dem Bandabend alles verboten wäre.
So etwas wie letztes Jahr möchte er nicht noch einmal sehen.
Also absolutes Rauchverbot. Absolutes Alkoholverbot.
Alle haben hinter der Hand gekichert.
Was mich angeht – saufen tun sowieso nur die Doofen!
Hinter mir hat jemand »und kiffen?« gezischelt.
Bibi hat gesagt, auf Lauras Party hätten welche Haschisch geraucht. Sollen sie meinetwegen. Ich jedenfalls nicht.
Selber Tag
Eine Stunde später
Liebes Tagesbuch,
vorhin, als ich gerade Hausaufgaben machte, schellte das

Telefon. Mama spurtete ran. Sie erwartete einen Anruf vom Otto-Kundendienst, aber ich sah sofort, dass es etwas anderes war. Ihre Augen verengten sich zu Schlitzen, einen Moment dachte ich, sie würde mies, doch dann entspannte sie sich und sagte, Lila, für dich.
Jubel, Leute, ich hatte gleich so ein Gefühl!!!
Morgen treffen wir uns.

Abends

Anruf von Nina.
Sie hätte gehört, wir wollten *Don't speak* von *No Doubt* spielen???
Und was denn sonst wohl noch?
Habe gesagt, wenn sie wollte, könnte ich ihr 'ne Liste faxen.
Nö, hat sie gesagt, wäre nur so 'ne Frage gewesen.
Gut, habe ich gesagt.
Als ich auflegen wollte, sagt sie plötzlich, sie hätte gehört, ich würde Dirk morgen treffen. Ob ich ihm nicht sagen könne, dass er die Mikros mitbringt, sie wollten Aufnahmen machen.
Wüsste ich nix von, habe ich gesagt. Und aufgelegt.
Woher weiß die Ziege, dass wir uns treffen?
Ob Dirk es ihr gesagt hat?
Idiot!
Hab schon fast keine Lust mehr, ihn zu sehen.
Alles pennt, nur Lila ist wach.
Liebes Tagebuch, ob ich wohl verrückt geworden bin?
Ich geh da morgen nicht hin. Soll er doch sehen, dass er Land gewinnt, dieser süße Trommler, der ausgerechnet Nina erzählt, dass er sich mit mir verabredet hat!
Ja, anders kann es gar nicht gewesen sein.
Ich hab es niemandem erzählt.

Mitternacht

Bin gerade aufgewacht!
Ich glaube, ich habe geträumt.
Jedenfalls weiß ich jetzt, dass Dirk unschuldig ist.
Er hat nichts verraten.

Jasmin saß hinter mir, als ich mich mit Dirk verabredete!!!
Die alte Spitzelziege!!!
Genauso habe ich von ihr geträumt. Jetzt fällt mir alles wieder ein. Wie sie da hinter mir saß und die Ohren spitzte.

Donnerstag, 7. Juli
Aber, hallo!
Es ist mir gelungen, Jasmin im Bus den Platz wegzuschnappen. Musste den ganzen Weg stehen. War grün vor Wut, jede Wette.
Nachmittags
Ich habe eine Stunde gewartet, Dirk ist nicht gekommen.
Soll ich jetzt heulen?
Mama würde sagen: nein.
Erstens, weil ich noch jung wäre, zweitens, weil es sich nicht lohnt, und drittens solle ich erst mal abwarten. Vielleicht wäre ihm ja was dazwischengekommen.
Möglich ist alles.
Ich kann es aber nicht leiden, wenn man mich versetzt.
Immer noch nachmittags
Kein Anruf, keine Entschuldigung, kein Nix.
Doch – das Telefon – ich höre das Telefon.
Bis gleich.
Komme schon, bin schon unterweheegs!!!
Später
Liebes, liebes Tagebuch.
Ich glaube, ich raff es nicht. Nina hat angerufen.
ACHTUNG!
Dirk hätte ihr gesagt, sie solle mir sagen, er käme erst um fünf. Er müsse mit seiner Mutter nach K., er wolle sich eine Hose kaufen.
Häääää?
Kann er das nicht allein?
Und überhaupt!!!
So, hat er das gesagt, Nina?
Zuckersüß bin ich, ich schäume vor Wut, ich mache einen

Knoten ins Telefonkabel und erwürge sie.
Sie fällt um.
Und dann sagt sie, sie hätte Dirk durch Zufall in der Stadt getroffen.
Ach was?! Hinterlistiges Weib.
Ob Papa Recht hat?
Er sagt, dass Frauen gefährlicher wären als Männer.
Cleverer und viel, viel gefährlicher.
Nina jedenfalls ist gefährlich. Und clever ist sie auch.
Sie soll mich kennen lernen.

Freitag, 8. Juli
Dirk hat nicht mehr angerufen gestern.
Im Bus war er auch nicht.
Ich habe Fränkie dazu gebracht, mit mir ins Kino zu gehen.
Er interessiert sich nicht sehr für Mädchen, er denkt nur immer an seine PA und in seinem Kopf dreht sich alles um Sound und Frequenzweichen, und wenn er was tut, lötet er oder schraubt.
Ob er Lust auf einen Anschlag hätte, hab ich ihn nach dem Kino gefragt.
Wie – Anschlag?
Zum Beispiel einen Kurzschluss machen?
Wie Kurzschluss?
Am Band-Abend!
Sag nicht, bei Nina, hat er gesagt.
Ich hab genickt.
Ich dachte, das wär deine Freundin?, hat er gesagt.
Früher mal.
Na dann – im Prinzip gern!, hat Fränkie gesagt.
Da wäre nur Dirk. Wegen Dirk könne er das nicht machen.
Und das Mikro?
Das ginge, hat er gesagt.
Wir haben Hamburger gegessen.
Er ist ganz nett.

Samstag, 9. Juli
Papa hat gefragt, ob ich Lust hätte, mit nach O. zu fahren, ein amerikanischer Architekt hätte da ein Museum gebaut, das würde er sich gern anschauen.
Nö. Keinen Bock auf Architektur.
Mama kommt auch mit.
Nö. Keine Lust.
Jetzt sind sie weg.
Hab Nina gefaxt, wir würden am Band-Abend nach ihnen spielen.
Erst kämen *Brainbox*, dann sie und zum Abschluss wir.
Ob sie das schon wüsste???
Faxte mir zurück, das wäre nicht abgemacht, das würde noch ausgelost.
Nä, nä, faxte ich.
Bssssst bssssst, machte das Fax.
Papa sagt, witzig wäre, wenn es funktionierte wie ein Beamer.
Wenn wenn wenn – dann hätte ich Nina eine Tasse an den Kopf gebeamt.
Böse böse böse.

Mittags
Papa hat angerufen.
Das Auto hat den Geist aufgegeben. Es wird spät.
Dirk hat auch angerufen. Es tut ihm Leid.
Was, will er mir sagen, wenn er gleich kommt.
Hast du gehört, Tagebuch? Wenn er gleich kommt!!!
Duschen duschen und ...

Eine Stunde später
Nochmals Anruf von Mama und Papa.
Am Auto ist der Zahnriemen gerissen. – ???
Wusste gar nicht, dass Autos auch Zähne haben. Ha ha ha.
Dirk hat auch noch mal angerufen.
Wird zehn Minuten später, hat er gesagt, er will noch was besorgen. Was, hat er nicht gesagt.

Schon fast Abend
Dirk ist wieder weg.

Mama und Papa sind noch nicht da.
Dirk hat Blumen besorgt. Selbst gepflückt, irgendwo unterwegs.
Er war völlig verschwitzt, als er ankam. Sagte, er wäre mit dem Mountainbike gefahren.
Die Blumen sind wunderschön.
Eigentlich wären es gar keine Blumen, sagte er, die Leute würden eher denken, es wäre Unkraut. Dirk wusste sogar, wie es heißt, dieses Unkraut: Mädesüß.
So flirriges weißes Blütenmeer an hohlem Stängel.
Es täte ihm Leid wegen Donnerstag, hat er gesagt.
Erstens hätte und hätte er keine vernünftige Hose gefunden, zweitens hätte er noch geübt und die Zeit total vergessen.
Und gestern?
Ach, gestern! Da hat meine Mutter mir einen Faultag gegönnt.
Haben über den Band-Abend geredet.
Hatte den Eindruck, Dirk mag Nina nicht.
Sagte, dass sie ihm auf den Geist geht mit ihrem Rumgehüpfe. Steht auch nicht so auf gepiercte Bauchnäbel.
Ich auch nicht. Aber alle anderen offenbar wohl.
Dirk sagt, er will einmal ein ganz guter Trommler werden. Dafür übt er täglich. Hat mich gefragt, ob ich Lust hätte, nächste Woche mit ins *Gleis* zu kommen, *The Notwist* sehen.
Lust hätte ich wohl. *The Notwist* sind 'ne gute Band. Mal sehn.
Tja und dann war er schon wieder weg.
Ich mag ihn ganz gern, den Dirk.

Sonntag, 10. Juli
Wen sehe ich heute früh, als ich mit Mama und Papa auf dem Balkon frühstücke?
Na, na, na? – Ex-Busenfreundin Nina!
Aufgepeppt noch und nöcher saust sie auf Inlines die Straße runter. Papa vorneweg, Nina, dann Mama.
Sportliche Familie, die Nina-Familie, muss ich schon sagen.

By the way – morgen ist Generalprobe für den Band-Abend. Und natürlich die Auslosung. Wer spielt als erste Band? Hoffentlich Nina. Das wünsche ich ihr von Herzen.
Hast du gehört, Tagebuch, von Herzen, mit Schmerzen.
Dirk sagt, Voodoo wäre ganz einfach.
Man müsste nur ...
Nein, das mach ich nicht! Ich fühl mich schon unwohl, wenn ich Nina Schlechtes wünsche. Nein, lieber kein Voodoo.
Trotzdem wünsch ich Nina gern Schlechtes.
Seltsame Seele.
Dirk hat nur gelacht.
Wäre doch ein Witz gewesen, hat er gesagt.
Und außerdem – wenn Fränkie das Mikro manipuliert, was wäre das dann wohl, hmmm?
Ich weiß nicht.
Ein technischer Defekt, würde ich sagen – oder?

Dienstag, 12. Juli
Oje, wir eröffnen den Band-Abend. Danach kommt *Brainbox.*
Und dann, als Headliner sozusagen, tritt Nina auf!!!
Ich weiß nicht, wie man sich so vergreifen kann.
Aber alles ist mit rechten Dingen zugegangen.
Meister Kleinheinrich, der den Band-Abend ja jedes Jahr organisiert und genau weiß, wie pingelig die Bands sind, hat alles niet- und nagelfest gemacht. Hochoffizielle Auslosung sozusagen, mit Glücksfee aus einer sechsten Klasse.
Na ja, dann müssen wir Ninas Band eben so wegpusten.
Guten Abend
Selber Tag. Selbe Welle. Auf die Schnelle.
Ich glaub es nicht! Freitagabend ist es so weit und ich habe jetzt schon Lampenfieber.
Fränkie sagt, das mit dem Abschalten von Ninas Mikro wäre ja alles nur Spaß gewesen, oder? – Nein, eigentlich nicht, eigentlich hatte ich gedacht, er würde das für mich tun, aber es scheint, dass er die große Flatter gekriegt hat.

Mit einem Wort: Er will es nicht machen.
Vielleicht sollte ich doch ...
Ich könnte ja eine Nina-Puppe aus Salzteig backen!
Dirk hat gesagt, man braucht nur eine Puppe und eine lange Nadel zum Durchstechen. Mal sehn.
In diesem Sinne: Voodoooooo!!!

Mittwoch 13. Juli
Ich glaub es nicht!
Nina war heute ganz Dame. Hat mir gleich zu Anfang der Pause eine playlist überreicht. Augenaufschlag. Lächeln. Ich wollte nur, dass du weißt, was wir spielen.
Und was spielen sie? Oldies! Wie die Opas.
Da kommen wir besser weg.
Danke, sage ich, du, Nina?
Ja, was denn?
Sag mal, weißt du, wie man Salzteig macht?
Salzteig? Ganz einfach!
Ja, Tagebuch, jetzt weiß ich, wie man Salzteig macht.
Danke, Nina.
Später Nachmittag
Mama fragt, was ich da mache?
Na ja, vielleicht ein Geschenk, sage ich.
Für wen, fragt Mama.
Na, für Nina, sage ich.
Ach, habt ihr euch vertragen?
Jaaaa!?
Böse böse böse.
Abend
Das Geschenk ist fertig.
Mama sagt, es hätte sogar Ähnlichkeit.
Wenn sie wüsste!!!
Ob ich sofort mit dem Zauber anfangen soll?
Schließlich ist heute der Dreizehnte.
Na gut, also.
Folgendes werde ich tun: Ich werde die Puppe auf meinen

Tisch legen, ich werde Kerzen aufstellen, dann werde ich eine Stopfnadel aus Mamas chaotischem Nähkasten nehmen und sie punktgenau in Ninas Stimmbänder pieken.
Autsch!!!

Schon fast tiefe Nacht

Es scheint, das Wetter wird gut. Ich höre die Autobahn.
Noch einen Schluck Sprudel und dann ab in die Träume.
Schlaf ist gut für die Schönheit.

Donnerstag, 14. Juli

Alarm! Unser Trommler hat sich den Fuß verknackt.
Wir haben Krisensitzung gemacht und alle sind der Ansicht, dass wir Dirk fragen sollten.
O.k. o.k. o.k., machen wir das.
Ich oder wer?
Nein, Fränkie wird mit ihm sprechen.

Nachmittag

Gerade kam ein Anruf von Nina.
Sie hätte das von unserem Trommler gehört. So ein Mist auch! Natürlich würde Dirk für uns trommeln, gar kein Problem.
Wann denn letzte Probe sei?
Ach, um fünf. Alles klar! Sie käme auch vorbei.
Fühle mich nicht sonderlich.

Abend

Dirk war umwerfend! Voll der Profi. Wie heißt das Lied? Wie spielt ihr das? – Ach so, A-Teil, B-Teil, Refrain, Solo, A, B, Schluss, o.k., schon geschnallt.
Die Einzige, die heute richtig Scheiße war, war ich.
Ich weiß auch nicht, wieso. Irgendwie habe ich keinen Ton richtig rausgebracht. Einsätze vermasselt. Text vergessen. Seltsam seltsam.
Nina hockte vor der Bühne und klatschte Rhythmus.
Fand, wie ich gesungen habe, hätte geil geklungen.
Irgendwie brüchig, das hätte zu den Songs gepasst.
Na – ich weiß nicht.

Freitag, 15. Juli
Halb sechs am Morgen
Eine Stunde noch, dann muss ich raus.
Ich bin schon seit über einer Stunde wach. Schlecht geschlafen.
Furchtbar, alles durcheinander geträumt.
Was, weiß ich nicht mehr, irgendetwas mit Achterbahnfahren? Drei- oder viermal aufgewacht die Nacht.
Heute Abend geht's um die Wurst, Leute.
Als wär's das erste Mal und ich mach mir jetzt schon in die Hose. Oh, Gnade.

Mittag
Mama sagt, ich sähe schlecht aus.
Mama sagt, komm mal her, lass mich mal sehen.
Was?
Na, mach mal den Mund auf, sagt Mama.
Ich mache den Mund auf.
Mama kriegt große Augen.
Ach du lieber Himmel!, sagt sie.
Was ist denn?
Die Mandeln, sagt sie.
Leider, Lila, aber ich fürchte ...

Usch Luhn

Solo für Sunnie

»Aufwachen, Mam!« Energisch rüttelt Hannah ihre Mutter an der Schulter. »Wenn du nicht gleich aufstehst, verpass ich den Bus!«

Hannahs Mutter schießt wie eine Rakete hoch. »Wie spät ist es denn, Spätzelchen?«, fragt sie schlaftrunken.

»Es ist schon sieben Uhr zweiundreißig und um Viertel nach acht treffen wir uns alle auf dem Schulhof«, antwortet Hannah ungeduldig. »Das hab ich dir schon gestern alles haarklein erklärt.«

Statt einer Antwort rast Hannahs Mutter ins Bad.

»Und untersteh dich und sag vor den anderen Spätzelchen zu mir«, ruft ihr Hannah vorwurfsvoll hinterher. »Das wäre nämlich superpeinlich!«

Hannahs Mutter ist Werbetexterin. Nach über einem Jahr hat sie endlich ihren Traumjob in einer großen Agentur gefunden. Dafür mussten sie sogar Hals über Kopf aus ihrem gemütlichen Dorf in eine größere Stadt umziehen. Seitdem steht Hannahs Mutter mächtig unter Dampf. Um sieben, wenn Hannah aufsteht, kommt ihre Mutter gerade mal in ihre erste Tiefschlafphase. Das findet Hannah zurzeit ganz schön nervig. Zum Glück wohnt Tante Luise mit ihrer Familie ganz in der Nähe. Tante Luise nämlich hat ihrer »kleinen« Schwester den tollen Job vermittelt. Und in den nächsten Tagen kann Hannahs Mutter endlich mal ausschlafen. Denn Hannah macht mit ihrer neuen Klasse eine Exkursion an die Nordsee.

»Echt super!«, hat Hannah jubiliert. *»Mein erster Schultag hier fängt gleich mit Ferien an.«*

»Aber die Nordsee ist doch jetzt saukalt«, hat ihre Mutter besorgt erwidert.

Hannah verdreht die Augen. Ehrlich gesagt, das Wetter ist

ihr so ziemlich egal. Ihre rote Reisetasche steht schon seit gestern Abend gepackt im Flur. Und die Hauptsache dabei ist sowieso, Elsie kommt mit. Elsie und Hannah sind Kusinen und auf den Tag gleich alt. Deshalb besucht Hannah ab sofort Elsies Klasse.

Aber was am schärfsten ist: Elsie ist Hannahs allerbeste Freundin, schon seit immer und ewig. Als sie noch klein waren, nannte man sie überall nur das doppelte Lottchen.

In den letzten Sommerferien haben sie eine Girl-Group gegründet, *SUNNIE & STAR*. Elsie kann nämlich supergut singen, weil sie seit Jahren im Schulchor ist. Auf der Disko im Schullandheim wollen sie zum allerersten Mal öffentlich auftreten. Hannah hat extra ein eigenes Lied für Elsie komponiert. Es heißt *Blue Eyes In The Sky* und hört sich wahnsinnig schön an. Vor allem die zickige Sophie wird hoffentlich blass vor Neid. Hannah kennt Sophie aus Elsies Schilderungen schon haargenau. Sie war sogar mal für kurze Zeit Elsies zweitbeste Freundin. Aber seit Sophie ständig mit Florian und Kevin herumhängt, ist sie meganervig und die Klassentratsche Tine weiß aus sicherer Quelle, dass Sophie mit Florian und Kevin sogar abwechselnd herumknutscht!

»Neun, acht, sieben ...« Sechs Sekunden vor acht steht Hannahs Mutter seelenruhig und wie aus dem Ei gepellt mit der roten Reisetasche und zwei giftgrünen Sturzhelmen im Treppenhaus.

»Na, wird's bald?«, ruft sie gut gelaunt.

»Ich glaub, ich träume!«, erwidert Hannah entrüstet. Im selben Moment schlägt sie sich mit der flachen Hand gegen die Stirn.

»Mist! Das Wichtigste hätte ich fast vergessen!« Sie rast zurück ins Wohnzimmer und schnappt sich den länglichen braunen Lederkasten vom Klavier.

»Du bleibst natürlich nicht alleine zu Hause«, flüstert sie.

Eine Minute später sitzt sie hinten auf der roten *Schwalbe*, dem schärfsten Roller in der Stadt, und ist den Tränen nahe.

»Auf gar keinen Fall!«, sagt ihre Mutter streng.

Hannah presst den Lederkasten fest an sich.

»Das Saxofon muss mit!«, sagt sie laut.

»Das Saxofon bleibt hier!«, ruft ihre Mutter noch lauter.

Hannah steigt demonstrativ ab.

»Ohne mein Saxofon fahre ich überhaupt nirgends hin!«, sagt sie entschlossen.

Ihre Mutter seufzt tief. »Steig schon auf.«

Geschickt schlängeln sie sich durch den dichten Berufsverkehr. »Wenn das Ding einen einzigen Kratzer abkriegt, dann sind Ostern, Geburtstag und Weihnachten für die nächsten Jahre gestrichen! Es ist ja noch nicht mal abbezahlt«, meckert ihre Mutter.

»Wieso denn, du verdienst doch jetzt super, Mam!«, strahlt Hannah und presst ihr Saxofon gleich noch ein bisschen fester an sich.

»Und die Feuchtigkeit an der See greift bestimmt das Metall an«, prophezeit ihre Mutter düster.

»Glaub ich nicht, Mamilein!«, ruft Hannah fröhlich.

Pünktlich Viertel nach acht biegt die rote Schwalbe auf den Schulhof ein. Frau Nebel, Hannahs Klassenlehrerin, und Herr Hartmann, der Biologielehrer, verstauen Gepäck und verhindern das größte Chaos. Beide Lehrer hat Hannah bereits beim Schulgespräch vor einer Woche kennen gelernt. Frau Nebel ist im grünen Bereich, sagt Elsie, dagegen benimmt sich Herr Hartmann wie ein echter Nervtöter. Hannah schwingt sich vom Roller und ignoriert die neugierigen Blicke ihrer neuen Mitschüler. Sie nimmt ihre Reisetasche und das Saxofon und marschiert schnurstracks hinüber zu Elsie, die mit einem Mädchen zusammensteht, das Elsies Beschreibung nach nur die Tratsch-Tine sein kann.

»Hej, *Sunnie*! Ich hab uns die besten Plätze gesichert«, schreit Elsie und fällt Hannah zur Begrüßung um den Hals. Hannah strahlt über das ganze Gesicht und ihre Wangen werden vor Aufregung feuerrot.

»Wow«, staunt sie, »du siehst ja vielleicht spicy aus! Ganz anders als bei uns in Hüttendorf.«

Tatsächlich. Elsie hat eine blütenweiße Skaterhose an, dazu trägt sie Lackstiefel mit Plateausohlen und eine nagelneue Fishbone-Jacke. Ihre langen blonden Haare hat sie zu fünf Zöpfen geflochten.

»Pass bloß auf, dass du dir mit diesen Schuhen nicht den Hals brichst, Elsie«, sagt Hannahs Mutter kopfschüttelnd. »Das wundert mich ja, dass Luise dich so fahren lässt!«

Aus dem Augenwinkel nimmt Hannah das spöttische Lächeln eines unbekannten Mädchens wahr.

Das ist Sophie, schießt es ihr durch den Kopf. Unwillkürlich sieht Hannah an sich herunter. Ihre braune Lieblingshose zeigt schon ein paar abgeschrappte Stellen und die graue Windjacke ist zwar praktisch, aber nicht gerade der neueste Schrei. Sie fährt sich mit der Hand durch ihre streichholzkurzen Haare.

»Davon verstehst du nichts, Mam«, antwortet sie knapp und legt den Arm um Elsie. »Das ist jetzt hip.«

Hannahs Mutter lächelt versöhnend und drückt Hannah fest an sich. »Viel Spaß, Spätzelchen«, flüstert sie Hannah ins Ohr.

Dann braust sie auf ihrem Roller davon.

»Na, hat dir das Mamilein 'ne große Nuckelflasche eingepackt?«, lästert ein großer dunkelhaariger Junge und klopft neugierig gegen den Saxofonkasten.

»Kümmere dich nicht um Flori«, befiehlt Elsie und zieht Hannah mit sich in den Bus zu ihren Plätzen. Direkt ihnen gegenüber saugt ein Junge an einer Colaflasche. »Hej, *Sunnie*«, sagt er vertraulich und macht sich sogleich an ihrem Saxofonkasten zu schaffen. »Hast du da was zu rauchen für mich drin?«

»Pfoten weg von Hannah, Kevin«, sagt Elsie in warnendem Ton.

Augenblicke später lässt sich Florian neben Kevin auf den

Sitz fallen. Sie stecken die Köpfe zusammen und grinsen viel sagend.

»O Mann, ich denk, du hast uns die besten Plätze besorgt, Elsie!«, stöhnt Hannah entnervt und bringt ihr Saxofon unter dem Sitz in Sicherheit. »Ich hab ja nicht geahnt, dass ich es hier mit lauter Neandertalern zu tun bekomme!«

Hinter ihnen kichert Tine laut auf.

»Keine Sorge, *Sunnie*«, antwortet Elsie lässig. »Die Jungs sind zwar gewöhnungsbedürftig, aber absolut harmlos.«

Sie macht es sich mit ihrem Walkman gemütlich und dreht den Lautstärkenregler hoch, dass die Bässe knallen.

»So«, ruft sie unternehmungslustig. »Von mir aus kann die Tour losgehen.«

Nach einer endlos langen Fahrt ruft Hannah plötzlich aufgeregt: »Guck doch endlich mal raus, ich seh schon das Meer!«

»Ein Glück«, stöhnt Elsie erleichtert und entfernt die Kopfhörerstöpsel zum ersten Mal seit Fahrtbeginn aus ihren Ohren.

»Ich hab schon gedacht, wir kommen nie an!«

Hannah guckt erwartungsvoll aus dem Fenster. Der Bus fährt die Strandpromenade entlang, vorbei an hübschen Häusern mit echten Strohdächern. Hannah entdeckt vereinzelte blau gestreifte Strandkörbe, einsam und verlassen stehen sie auf dem hellen Sand herum, umspült von kleinen Wellen. Hinter einem alten Hotel mit dem Namen *Haus Störtebeker* führt ein schmaler Weg hinunter zum Jugendfreizeitdorf *Küstenschwalbe*. Eine ältere Frau und ein dünner Junge mit einem riesigen braunen Hund, dem ein rot gepunktetes Halstuch umgebunden ist, stehen zur Begrüßung winkend im Hof.

Der Bus hält.

»Da, Elsie, der süße Hund«, sagt Hannah entzückt.

»Wetten, das ist eine Collie-Schäferhund-Mischung?«

Elsie zuckt die Achseln und schaut interessiert Sophie und Florian nach, die Händchen haltend aus dem Bus springen.

»Mannomann, ich freu mich echt schon auf die Disko«, sagt sie träumerisch. »Weißt du schon, was du anziehst?«

Neben Florian und Sophie ergattern Elsie und Hannah als eine der Ersten ihr Gepäck. Elsie hievt ihren Rucksack ächzend auf ihren Rücken. Gerade als Hannah ihre rote Reisetasche unter einem tonnenschweren Koffer hervorzerrt, bekommt sie von der Seite unerwartet einen Stoß und fällt gegen Elsie.

Elsie verliert auf ihren hohen Sohlen das Gleichgewicht und kippt wie ein Krebs in Zeitlupentempo einfach hintenüber. Begeistert ergreift der Collie-Schäferhund die Chance seines Lebens und hechtet sich bellend auf Elsie, die vor Schreck stocksteif auf dem Boden liegen bleibt.

»Keine Panik! Der Hund tut dir nichts«, ruft der dünne Junge Elsie zu und schlendert seelenruhig heran, »Barney ... aus!«

Barney bellt kurz und rührt sich nicht vom Fleck.

Unerschrocken tritt Hannah dazwischen und zerrt den Hund an seinem Halstuch weg.

»Sitz!«, befiehlt sie streng. Der fremde Hund gehorcht ihr aufs Wort.

»Ist das dein Hund?«, fragt Hannah den Jungen neugierig.

Elsie rappelt sich mit hochrotem Kopf hoch und rubbelt wie verrückt an ihrer Hose, die mit schwarzen Hundetatzen übersät ist.

»Ganz schön schlecht erzogen, dein Köter!«, schimpft sie los.

Der Junge lächelt Elsie entschuldigend an.

»Stimmt. Aber er wollte bloß mit dir spielen.«

Hannah mustert den Jungen abschätzend. Seine kurzen blonden Haare sind an den Spitzen rot gefärbt und er hat ganz viele kleine Sommersprossen auf den Ohrläppchen. Sogar seine schönen blauen Augen sehen irgendwie gesprenkelt aus. Eigentlich ziemlich ungewöhnlich, fast als hätte ihn jemand mit einer Sprühdose erwischt. Ganz schön witzig.

Plötzlich muss Hannah lachen. »Ist schon wieder o.k.«, sagt sie an Elsies Stelle. »Dein Hund hat Temperament.«

»O.k.? Gar nichts ist hier o.k.«, ruft Elsie anklagend. »Du bist ein echter Trampel, Hannah! Wegen dir seh ich aus wie ein Schwein! Und dieses Monster da ist lebensgefährlich.«

»Aber ich bin doch überhaupt nicht schuld«, verteidigt sich Hannah. »Irgendjemand hat mich geschubst.« Sie kichert wieder los. »Eigentlich irre komisch!«

Der Junge grinst zustimmend. »Kann man so sagen.«

Hannah beugt sich zu dem braunen Hund hinunter, der jetzt so harmlos herumliegt, als könne er kein Wässerchen trüben, und krault ihn zärtlich hinter den Ohren. »Du Schlimmer!«

Elsie dreht sich abrupt weg und sieht angestrengt hinüber zum Hauptgebäude. Die meisten sind mit ihrem Gepäck inzwischen im Haus verschwunden. »Wahrscheinlich sind die coolen Zimmer längst vergeben«, mault sie weiter.

»Du kannst dir Barney ja mal ausleihen, er mag dich«, sagt der Junge zu Hannah.

»Glaubst du das wirklich?«, fragt Hannah überrascht.

»Aber klar! Er steht auf hübsche Girls.«

»So ein Schwachsinn«, mischt sich Elsie erneut ein.

»Hunde brauchen Autorität, alles andere ist ihnen egal.«

Im Hoftor steht Frau Nebel und winkt ungeduldig zu ihnen herüber. Der Junge folgt ihrem Blick.

»Also, ich verzieh mich mal. Wie heißt ihr beiden überhaupt?«

»Elsie«, sagt Elsie wie aus der Pistole geschossen und wird aus völlig unerfindlichen Gründen rot.

»Ich heiße Hannah«, strahlt Hannah. »Vorne und hinten mit H.«

Der Junge macht eine ulkige Verbeugung. »Darf ich vorstellen: Jan Peter ohne Bindestrich. Die Herbergsmutter ist übrigens meine Oma. Bis morgen dann.« Er gibt Elsie und Hannah die Hand und trabt eilig Richtung Hoftor davon.

»Jan Peter ohne Bindestrich«, sagt Elsie kopfschüttelnd.

»Der hat ja den totalen Knall. Lass dich bloß nicht einwickeln von dem Landei und seinem Köter.« Sie schnappt sich ihren Rucksack und rennt ins Haus.

Wie Elsie prophezeit hat, ist das obere Stockwerk mit den Balkons komplett besetzt. Sie müssen ihr Zimmer im Stock darunter ausgerechnet mit Sophie und Tine teilen. Tine sitzt im Jogginganzug auf ihrem Bett und sortiert einen enormen Süßigkeitenvorrat in Tagesrationen.

»Mach lieber eine Diät«, stichelt Sophie. »Du bist viel zu fett.«

»In unserer Familie sind alle dick. Männer mögen dicke Frauen sowieso lieber, sagt Papa immer«, rechtfertigt Tine ihre Fresslust und verschlingt ein Stück Nuss-Schokolade.

»Na, solange du nicht platzt«, antwortet Sophie schnippisch.

Hannah zieht Elsie mit sich hinaus auf den Flur.

»Sag mal, geht das immer so zu bei euch?«, fragt sie entnervt.

»Was meinst du denn?«, wundert sich Elsie.

»Na ja, so zickig eben. Sogar du bist auf einmal so ... komisch. Der Junge vorhin war doch eigentlich ganz nett. Ein bisschen wie Timmi.«

»Timmi!«, prustet Elsie los. »Da hast du Recht. Der geht auch noch mit seinem Meerschweinchen spazieren.«

Timmi, Hannahs Nachbarjunge aus Hüttendorf, hat ihr zum Abschied ein Foto von sich geschenkt. Auf einmal ist Hannah froh, dass sie es Elsie nicht gezeigt hat. Sie schweigt.

»Na komm schon, Sunnie«, lenkt Elsie ein. »Du bist doch sonst nicht so empfindlich. Die Kids in meiner Klasse sind echt cool. Mit denen kann man eine Menge Spaß haben.« Sie boxt Hannah in die Seite. »Los, Schwester, wir suchen uns bis zum Abendessen noch ein paar scharfe Klamotten für die Disko raus.«

Für den nächsten Morgen steht eine ausgedehnte Strandexkursion auf dem Plan.

»Vielleicht haben wir Glück und wir finden sogar einen Bernsteinrohling«, redet sich Herr Hartmann in Fahrt. Frau Nebel scheint seine Sammelleidenschaft zu teilen. Jedesmal wenn die beiden eine neue Muschel finden, skizziert Herr Hartmann die Umrisse gewissenhaft in einem kleinen Notizheft.

»Echt kindisch, diese Erwachsenen«, sagt Tine kopfschüttelnd und holt eine Tüte Paprikachips aus ihrem Anorak.

»Die Dinger hab ich zuletzt als Säugling gesammelt«, stimmt ihr Elsie zu und stopft lustlos einige Muscheln in ihre Jackentasche. Gespannt beobachtet sie Sophie und Florian, die sich, das Geschrei von Möwen nachahmend, über den Strand jagen und mit Sand bewerfen.

Tine hakt sich bei Hannah unter.

»Hör mal«, sagt sie vertraulich. »Hast du eigentlich schon einen festen Freund?« Bevor Hannah antworten kann, trifft sie ein feuchter Sandklumpen an der Backe.

»Los, *Sunnie*, mach auch mit«, brüllt Kevin und bombardiert die überraschte Hannah mit seinem gesamten Muschelvorrat. Hannah hält sich schützend ihre Arme vor das Gesicht. Statt ihr stürzt sich Elsie kreischend auf Kevin und stopft ihm pfundweise Sand unter den Pullover, bis er sie um Gnade anbettelt. Mit hochroten Köpfen lassen sich beide in den aufgewühlten Sand plumpsen. Elsie zieht stöhnend ihre Lackstiefel von den Füßen.

»Ich glaube, Elsie ist in Kevin verliebt«, flüstert Tine Hannah ins Ohr.

»Blödsinn«, erwidert Hannah ungeduldig. »Hast du nichts anderes in der Birne?«

Beleidigt dreht Tine ab und schlendert hinüber zu Sophie.

Hannah schaut sich um. Herr Hartmann und Frau Nebel knien im Sand. Eben beugt sich Frau Nebel über die Schulter von Herrn Hartmann und liest laut aus einem aufgeschlagenen Küstenführer vor. Herr Hartmann nickt eifrig. Kevin ist mit Elsies Lackstiefeln abgehauen und läuft johlend den Strand entlang, Elsie – barfuß – bleibt ihm dicht auf den Fersen. Und Florian und Sophie stehen mit ihren Gummistiefeln im Wasser und knutschen in aller Öffentlichkeit. Tine und ein paar andere Mädchen haben es sich in den leer stehenden Strandkörben gemütlich gemacht. Der Rest aus Hannahs neuer Klasse hat sich vermutlich bereits ins Jugenddorf abgesetzt.

Hannah seufzt und sieht hinaus auf das Meer. Dicke schwarze Wolken bauen sich über dem Horizont auf, es donnert in der Ferne. Möwen fliegen aufgeschreckt aus dem Wasser in den Himmel und gruppieren sich dann neu auf dem warmen Asphalt der Strandpromenade.

Herr Hartmann richtet sich auf und klopft eine Ladung Sand aus seiner Sporthose. »Eine Stunde Freizeit für alle, Mittagessen pünktlich um dreizehn Uhr!«, ruft er leutselig und bietet Frau Hartmann seinen Arm.

»Hier ist ja echt der Bär los«, murmelt Hannah halblaut und macht sich allein auf den Heimweg ins Jugenddorf.

Ausgerechnet mit Tine hat Hannah mittags Küchendienst.

»Hast du den Jungen mit dem Kampfhund wieder gesehen?«, fragt Tine neugierig und schleckt ein überzähliges Schälchen Vanillepudding leer.

»Kampfhund! So ein Blödsinn«, widerspricht Hannah mit Nachdruck.

»Barney ist ein ganz harmloser, süßer Schäfer-Collie. Wer erzählt bloß so was Gemeines?«

Tine zuckt geheimnisvoll mit den Achseln.

Hannah kratzt wütend die Essensreste vom Besteck.

»Hilf doch auch mal mit, Tine!«, befiehlt sie.

»Mach ich doch«, kichert Tine und nimmt sich den nächsten Pudding vor. Gerade als Hannah einen meterhohen Stapel Teller hinüber zum Schrank balanciert, ertönt aus dem Hof vertrautes Hundegebell. Der Tellerturm gerät plötzlich gefährlich ins Wanken.

»Tut mir schrecklich Leid, Tine«, ruft Hannah eilig, »ich hab jetzt eine dringende Verabredung!«

Damit drückt sie der verblüfften Tine den schwankenden Tellerturm in die Arme und verschwindet aus der Küche. Sie läuft in ihr Zimmer, stylt hastig Elsies grünes Gel in ihre Stoppelhaare, schnappt sich das Saxofon und rennt hinunter auf den Hof. Barney springt ihr begeistert entgegen.

»Hallo, Jan Peter«, sagt Hannah atemlos.

»Hallo, Hannah. Hast du dich mit Algen geschmückt?«, fragt Jan Peter augenzwinkernd und fährt ihr übers Haar.

»Wieso?«, fragt Hannah verwirrt.

»Na«, grinst Jan Peter, »irgendwie bist du heute so grün ...«

»Ja, echt, Hannah, wie ein Marsmännchen, fehlt nur noch die Antenne«, gesellt sich Elsie lachend dazu.

Hannah greift sich verlegen an den Kopf und wird bis unter die Haarwurzeln rot. Sie dreht sich auf dem Absatz um und läuft weg.

»Hej, *Sunnie*! Das war doch nur Spaß«, ruft ihr Elsie hinterher.

Hannah rennt den sandigen Weg hinunter Richtung *Haus Störtebeker*, wo gerade alle Fensterläden geschlossen werden, weil man Sturm erwartet. Sie überquert die breite Uferpromenade, bis sie hinter der nächsten Kurve die Dünen entlang auf den langen Strand einbiegt. Vor einem blauweiß gestreiften Strandkorb bleibt Hannah schließlich außer Puste stehen. Der Himmel ist voller dunkelgrauer Wolken und der aufkommende Wind schleudert Hannah kalte Wasserspritzer ins Gesicht, die unangenehm in die Haut pieksen. Sie schaut sich um. Weit und breit kein Mensch zu sehen. Sie nickt erleichtert und klettert mit dem Saxofon in einen von den Strandkörben. Eine Silbermöwe schaukelt gelassen mit dem starken Wellengang. Schließlich holt sie das Saxofon aus dem Lederkoffer und beginnt mit geschlossenen Augen zu spielen. Eine C-Tonleiter zur Einstimmung und dann *Happy Birthday* in drei verschiedenen Tonlagen, das hatte sie für Elsies Geburtstag eingeübt, und ganz zum Schluss *Blue Eyes*

In The Sky. Als sie die Augen schließlich wieder aufmacht, ist ihr ganz leicht ums Herz. In einigem Abstand vor ihr hockt die Möwe und beobachtet sie höchst interessiert.

»Die Vorstellung ist beendet«, sagt Hannah zu der Möwe.

»Schade«, antwortet die Möwe mit der Stimme von Jan Peter und trippelt enttäuscht davon. Augenblicklich springt Barney mit sandigen Pfoten in den Strandkorb.

»Ihhh«, quietscht Hannah und versucht vergeblich ihn zu stoppen.

»Hier bist du also, Barney hatte den richtigen Riecher«, sagt Jan Peter zufrieden und taucht neben dem Strandkorb auf, »das war ein spitzenmäßiges Solo, *Sunnie*, ich bin echt weg.«

»Ich heiße Hannah für dich!«, antwortet Hannah knapp und konzentriert sich darauf, das Saxofon vor Barneys Sabbermaul zu retten.

»In Ordnung, *Hannah*.« Jan Peter lässt sich vor Hannah in den Sand plumpsen und strahlt sie an. »Elsie hat mir gerade erzählt, dass ihr zusammen in einer eigenen Band spielt. Finde ich echt toll«, fährt Jan Peter fort.

»Ja und, suchst du was Bestimmtes hier?«, fragt Hannah ungeduldig, verstaut das Saxofon im Koffer und schließt den Reißverschluss.

Jan Peter hält ihr eine flache grün schillernde Muschel hin.

»Hier, die Muschel ist für dich, ich hab sie nach dem letzten Sturm unten im Schilf gefunden. Sie ist ganz selten.«

»Außerdem ...« Er tippt gegen den Koffer. »... wollte ich dich fragen, ob du Lust hast, mit mir zusammen eine kleine Session zu spielen, ich hab in der *Küstenschwalbe* nämlich mein Schlagzeug stehen.«

Hannah nimmt die Muschel in die Hand und betrachtet sie für Augenblicke prüfend von allen Seiten. Aus dem Augenwinkel nimmt sie Jan Peters gespannten Gesichtsausdruck wahr.

»Cool«, sagt sie schließlich, »sieht echt toll aus. Ich steh auf Muscheln.« Sie lässt sie in ihrer Hosentasche verschwinden.

»Ein Glück«, sagt Jan Peter erleichtert, »außerdem hat sie genau deine Augenfarbe. Das kann ja wohl kein Zufall sein.«

Als sie nebeneinander die Strandpromenade zur *Küstenschwalbe* zurücklaufen, schüttet es wie aus Eimern. Hannah wickelt erst ihre eigene Jacke und dann Jan Peters Pullover um den empfindlichen Lederkoffer. »Wenn mein Saxofon was abkriegt, macht meine Mutter ein Riesentheater«, brüllt sie gegen den Wind an. Tropfnass kommen sie in der *Küstenschwalbe* an.

»Wir müssen runter in den Keller«, erklärt Jan Peter.

Hinter dem Heizungsraum verbirgt sich ein perfekt eingerichteter Probenraum. Hannah niest dreimal, schmeißt die nassen Sachen in eine Ecke und wickelt ihr Saxofon aus.

In der nächsten Stunde bricht ein so lautes Musikgewitter über den Keller von *Haus Küstenschwalbe* herein, dass Barney sich winselnd ins obere Stockwerk flüchtet.

Schließlich hält Hannah inne.

»Ich krieg keinen Piep mehr raus«, keucht sie und streckt alle viere von sich. Jan Peter wirbelt mit hochrotem Gesicht am Schlagzeug und trommelt ein beeindruckendes Finale.

»Ganz toll!«, lobt Hannah. »Das gibt eine echte Überraschung bei der Disko.«

Jan Peter legt die Trommelstöcke zur Seite und setzt sich zu Hannah auf den Fußboden. Plötzlich nimmt er wortlos Hannahs Hand.

»Ich finde dich total nett, Hannah«, sagt er leise.

Im selben Moment geht die Tür auf.

»Feiert ihr hier etwa 'ne Privatparty?«, kichert Tine. Hinter Tine schieben sich Sophie, Florian, Kevin und schließlich Elsie in den Probenraum.

»Echt gemütlich habt ihr's hier. Ein richtig kuscheliges Liebesnest«, säuselt Florian.

Hannah lässt rasch Jan Peters Hand los und rappelt sich hoch.

»Wir haben nur die Schlagzeugbegleitung von *Blue Eyes*

für die Disko einstudiert, du Hornochse«, sagt Hannah ärgerlich.

Florian grinst viel sagend. »Wirklich interessante Begleitung.«

»Das ist ja wohl ein starkes Stück!«, mischt sich Elsie aufgebracht ein. »Ohne mich? Ihr habt hinter meinem Rücken ohne mich meinen Song gespielt?«

Elsie stampft wütend mit dem Fuß auf.

»Immer locker, Baby«, murmelt Florian betreten.

Wütend knallt Elsie die Tür ins Schloss. Hannah folgt ihr nach oben.

»Hej, was ist denn los, Elsie?«, ruft sie durch das Treppenhaus. »Ist doch klar, dass das *unser* Lied bleibt. Die neue Schlagzeugbegleitung von Jan Peter ist spitzenmäßig! Ich bin sicher, dass sie dir gefällt. Wir können gleich runtergehen und gemeinsam weiterproben.« Sie erwischt Elsie am Ärmel und hält sie fest. Elsies Gesicht ist ganz blass. »Danke, ich verzichte. Aber ich sag dir was: Ich finde es total peinlich, wie du hier mit dem erstbesten Jungen herumknutscht und ihn mit *meinem* Song köderst.«

Hannah wird knallrot. »Stimmt doch überhaupt nicht. Ich finde nur gut, dass Jan Peter zufällig Schlagzeug spielt und ich Saxofon ... Außerdem hat er einen so süßen Hund. Und nur, damit du es nicht vergisst: *Ich* habe den Song geschrieben.«

»Ach so«, erwidert Elsie eisig. »Dann sind dir *unsere* Band und ich ja wohl in Zukunft egal. Und ich hab gedacht, du bist meine beste Freundin.«

Hannah stemmt wütend die Hände in die Seiten. »Stopp mal, jetzt sage ich dir was: Du machst doch die ganze Zeit einen auf cool! Und wer war denn heute Mittag stundenlang mit Kevin verschwunden? Hast du mich da etwa vorher um Erlaubnis gefragt, he?«

Sie redet sich in Fahrt.

»Du benimmst dich gerade genauso affig wie Sophie oder Tine und weißt du, warum? Nur weil es um einen Jungen geht. Dabei finde ich Jan Peter einfach nur nett. Und damit du's weißt: Morgen bei der Disko treten wir zu dritt auf – die Schlagzeugbegleitung von dem Typen ist nämlich einfach Spitze. Deine bescheuerte Eifersucht kannst du dir in die Haare schmieren!«

Sie lässt Elsie stehen und läuft davon.

Unten im Gemeinschaftsraum wartet Tine. Sie brennt darauf, Hannah nach Strich und Faden auszuquetschen. »Sind Jan Peter und du jetzt ein Liebespaar?«, legt sie erwartungsvoll los.

Hannah schmeißt sich bäuchlings auf die alte Ofenbank am Kamin und vergräbt ihren Kopf in einem Kissen.

»Kein Kommentar«, murmelt sie unfreundlich. »Tu mir den Gefallen und verzieh dich, Tine.«

Enttäuscht macht Tine einen kleinen Abstecher in die Küche. Nach kurzer Zeit kommt sie mit einem dicken Leberwurstbrot zurück. Hannah liegt rücklings auf der Bank und starrt Löcher in die Decke.

»Mannomann«, sagt Tine kauend und macht es sich neben Hannah am Ofen gemütlich. »Elsie ist ja fix und fertig. Ist Elsie womöglich auch in Jan Peter verliebt?«

Hannah stopft sich beide Finger in die Ohren. »Hau ab, du Nervensäge«, brüllt sie.

Beleidigt schlendert Tine hinüber an den Spieltisch, wo Sophie, Florian und Kevin Monopoly spielen.

»Was ist denn los mit Elsie?«, fragt Sophie neugierig und zieht Tine auf den freien Stuhl neben sich.

»Ich geh mal nach oben«, sagt Sophie kurz darauf überlaut und schlendert wie zufällig an Hannah vorbei. »Du kannst meine Häuser übernehmen, Florischatz.«

Zum Abendessen bleibt der Platz neben Hannah leer.

»Elsie hat keinen Hunger, Frau Nebel«, verkündet Sophie mit einem bedeutungsvollen Blick auf Hannah. Die stochert lustlos in ihrem Kartoffelauflauf.

»Ist dir auch nicht gut, Hannah?«, fragt Frau Nebel besorgt.

»Hoffentlich wird mir niemand krank. Ich werde mich gleich mal um Elsie kümmern«, sagt sie zu Herrn Hartmann und schiebt ihren Stuhl zurück. Nach einigen Minuten kommt Frau Nebel stirnrunzelnd zurück.

»Weiß jemand, wo Elsie steckt?«, fragt sie beunruhigt. »Ich kann sie nirgends im Haus finden!«

Florian gibt Sophie einen auffälligen Schubs.

»Sophie?«, fragt Frau Nebel streng.

»Na, eigentlich wollte Elsie nur mal kurz runter zum Strand spazieren, Frau Nebel«, gesteht Sophie.

»Spazieren«, empört sich Herr Hartmann. »Allein, bei Sturm und im Dunkeln?«

»Nee, wieso denn«, verteidigt sich Sophie kleinlaut. »Da war's doch noch ganz hell! Sie wollte ja bloß Hannahs Saxofon irgendwo in den Dünen verstecken, damit Hannah morgen Abend nicht auf der Disko vorspielen kann.«

Hannah springt von ihrem Stuhl auf und stößt einen erstickten Schrei aus. »Das war deine Idee, du Giftschlange!«, brüllt sie Sophie an. »Wenn meinem Saxofon was passiert, kannst du was erleben!«

Frau Nebel schlägt die Hände über dem Kopf zusammen.

»Ja, Kinder, seid ihr denn plötzlich alle verrückt geworden?«, ruft sie verstört und läuft hinaus zur Herbergsmutter. Die Herbergsmutter telefoniert sofort mit der Küstenwache.

»Mit diesem Sturm ist nicht zu spaßen«, sagt sie ernst.

»Wir warten, bis Elsie gefunden ist, Herr Hartmann!« Kevin besetzt demonstrativ die Ofenbank. Nach über einer Stunde sagt Hannah verzweifelt: »Die finden Elsie nicht!« Tine bringt Hannah zum Trost einen Nugatriegel.

»Willst du mir nicht endlich erzählen, was passiert ist?«, fragt Frau Nebel. Hannah schüttelt stumm den Kopf. Im selben Moment gibt es im Flur lautes Getöse. Zwei Männer der Küstenwache betreten in Regensachen das Gemeinschaftszimmer. Sie hinterlassen riesige schmutzige Pfützen auf dem

Holzfußboden. Einer der Männer trägt Elsie auf dem Arm. Sie ist in eine Wolldecke eingewickelt und sieht aus wie eine gebadete Maus. Der andere Mann trägt Hannahs Saxofon und Elsies Plateauschuhe. Der Lederkoffer ist völlig durchgeweicht.

»Wir bringen die junge Dame gesund wieder«, sagt der Mann, der die Sachen trägt. »Sie hat sich bei ihrem kleinen Nachtspaziergang mit diesen ollen Tretern lediglich den Fuß verknackst.« Er hält Elsies Plateauschuhe kopfschüttelnd in die Luft. »Dieser Koffer hier würde allerdings mal dringend 'n bisschen Lederfett brauchen, aber der Inhalt ist noch unbeschädigt, ich hab's selber ausprobiert. Ich war nämlich mal im Posaunenchor.«

Er blinzelt Elsie aufmunternd zu.

Elsies Augen füllen sich mit Tränen. »Ich hab das Saxofon hinter dem *Störtebeker-Haus* bei den Strandkörben versteckt, aber dann fand ich das auf einmal doch ziemlich mies. Deshalb bin ich noch mal zurückgerannt, um das Saxofon zurückzuholen, aber ich hab den richtigen Strandkorb nicht mehr gefunden, weil es auf einmal schon so dunkel war, und da hab ich Panik gekriegt und bin im Schlick ausgerutscht ...« Elsie guckt Hannah unsicher ins Gesicht. »Es tut mir echt Leid, Hannah.«

Frau Nebel schüttelt fassungslos den Kopf. »Wie konntest du uns nur so in Schrecken versetzen!«, sagt sie ungehalten. »Da ist ein schöner langer Erfahrungsaufsatz nicht unter fünf Seiten fällig.« Elsie stöhnt gequält auf. »Mit deinem verstauchten Fuß hast du dazu ja jetzt auch die nötige Ruhe«, setzt Frau Nebel grimmig hinzu.

Es ist Nacht. Herr Hartmann hat Elsie in ihr Zimmer getragen. Wortlos sind ihm Hannah, Sophie und Tine gefolgt. Alle liegen längst schlafend in ihren Betten. Die Lichter sind erloschen, nur am Himmel stehen zwei, drei helle Sterne.

Es hat aufgehört zu regnen.

Nur Hannah und Elsie liegen noch wach und wagen sich

nicht zu rühren. Plötzlich hört Hannah Elsie seufzen. Und dann hört Elsie Hannah seufzen. Hannah setzt sich auf und riskiert einen Blick. Die beiden sehen sich sekundenlang an. Dann fängt Elsie leise an zu lachen und Hannah stimmt vergnügt ein.

»Ruhe!«, schimpft Tine unwirsch dazwischen.

Es ist still. Die beiden fassen sich an der Hand und schlafen auf der Stelle ein.

Marjaleena Lembcke

Lars Olsson

Wir waren dreizehn Jahre und wir waren die drei besten Freundinnen, die man sich nur vorstellen kann.

Hillevis beste Freundin war Kirsti. Kirstis beste Freundin war ich. Und meine beste Freundin war Hillevi. Hillevi war auf mich eifersüchtig. Ich war auf Kirsti eifersüchtig und Kirsti war auf Hillevi eifersüchtig.

Hillevi mochte natürlich auch mich gerne und Kirsti mochte auch Hillevi gerne und ich mochte sowohl Hillevi wie auch Kirsti. Aber Hillevi mochte ich lieber. Ich mochte auch ihre Familie. Sie hatte zwei große Schwestern, die ich bewunderte. Hillevis Familie bewohnte ein großes Haus mitten in der Stadt, das ich auch ganz toll fand. Ihre Mutter war ein wenig streng und lächelte selten, dafür backte sie die besten Plätzchen, die ich je gegessen habe. Und Hillevis Vater war Pfarrer und ihn bewunderte ich besonders, weil er immer gute Laune hatte und überhaupt nicht strenggläubig war. Er konnte sehr lustig und witzig sein. Aber er sagte auch: »Meine Töchter wissen, was richtig und was falsch ist. Das habe ich ihnen beigebracht. Sie müssen nur noch danach handeln!«

Hillevi wirkte nicht wie eine Pfarrerstochter. Ich meine, sie war nicht ernst und sie ging auch nicht gerne in die Kirche. Aber eine Sache hatte sie bestimmt von ihrem Vater gelernt. Sie war sehr für Gerechtigkeit, und wenn man ihr etwas versprochen hatte, musste man das Versprechen halten. Sie hielt ihre Versprechen auch immer. Mit einer einzigen Ausnahme, zumindest ist mir nur eine einzige Ausnahme bekannt.

Ich versuchte Hillevi möglichst oft allein zu besuchen, ohne Kirsti. Manchmal vergaß ich also einfach Kirsti zu sagen, dass wir uns bei Hillevi treffen wollten.

Einmal, als ich es wieder mal vergessen hatte und ich

bereits in Hillevis schönem Zimmer saß, Saft trank und die von ihrer Mutter gebackenen Plätzchen aß, fragte Hillevi mich etwas verärgert: »Warum kommt Kirsti wieder nicht?«

»Sie hat bestimmt keine Lust. In letzter Zeit ist sie sowieso ziemlich komisch!«, sagte ich.

»Wieso komisch?«, fragte sie.

»Na ja«, meinte ich und dann sagte ich den Satz, für den ich mir eine Sekunde später liebend gerne die Zungenspitze abgebissen hätte.

»Hat sie dir denn nichts davon erzählt?«, fragte ich.

»Was denn?«, fragte Hillevi.

Ja, was denn? Jetzt musste ich improvisieren. Und mir fiel nichts Besseres ein als: »Sie hat einen Freund!«

»Waas!? Du meinst, sie geht mit jemandem? Wer ist der Junge?«

»Das darf ich nicht sagen«, sagte ich schnell.

»Aber du weißt es!«

Ich nickte vage. Hillevi war geknickt, dass ich es wusste, aber sie nicht. Sie überlegte einen Augenblick, ob ihr Stolz es zulassen würde, mich zu fragen, wer er denn sei. Ihr Stolz ließ es zu.

»Wer ist es?«

»Lars Olsson!«

»Lars Olsson!«, rief Hillevi. »Aber ich dachte, den hättest du dir ausgeguckt!«

Wir drei hatten uns geschworen, dass keine sich in den Freund einer anderen verlieben durfte.

Wir hatten zwar alle noch keinen Freund. Aber wir hatten uns schon mal die in Frage kommenden ausgesucht. Hillevi schwärmte für den zwanzigjährigen Freund ihrer großen Schwester und ich eben für Lars, der schon zwei Klassen höher war und somit auch ziemlich unerreichbar. Kirsti hatte gerade eine Enttäuschung hinter sich, weil der Kioskverkäufer, den sie sich für ihre Träume ausgesucht hatte, jetzt Fische verkaufte, und in einen Fischverkäufer konnte sie beim besten Willen nicht verliebt sein.

»Das ist ungerecht von Kirsti!«, sagte Hillevi.

Es war für mich immer ganz klar gewesen, dass ich keine Chancen bei Lars hatte. Aber Kirsti war eines der hübschesten Mädchen in der ganzen Schule und die Jungs, auch die älteren, zeigten für sie großes Interesse.

»Durch und durch gemein von ihr, ihn dir wegzuschnappen. Nur weil sie etwas besser aussieht ...«, sagte Hillevi.

»Er gehört mir ja nicht«, sagte ich bescheiden und in innerer Panik. Ich musste verhindern, dass Hillevi Kirsti zur Rede stellte und nach Lars Olsson fragte.

Ich benutzte einen der allerwichtigsten Grundsätze einer Freundschaft. »Sag Kirsti bitte nicht, dass ich es dir erzählt habe!«

»Kein Wort!«, versprach Hillevi, wenn auch ungern.

Einige Tage später besuchte Kirsti mich und sagte: »Hillevi ist so komisch. Hat sie was?«

»Ich weiß es nicht. Ich habe nichts bemerkt!«

»Ist auch egal! Ich bin sowieso lieber mit dir allein«, sagte Kirsti.

Ich besuchte Hillevi. »Ich habe die beiden beobachtet«, sagte sie. »Du weißt schon, Kirsti und Lars. Sie haben in den Pausen nicht einmal miteinander gesprochen. Bist du sicher, dass es stimmt, was du mir erzählt hast?«

»Vielleicht hat Kirsti nur damit angegeben«, sagte ich.

»Das würde sie nicht tun«, sagte Hillevi und sah mich – wie ich fand – etwas misstrauisch an.

Hillevi besuchte Kirsti nicht mehr. Und Kirsti besuchte Hillevi nicht.

Ich besuchte Hillevi oft. Ich merkte natürlich, dass ihr Kirsti fehlte. Ich wusste auch, dass sie sie gerne gefragt hätte, ob das stimmte, was ich erzählt hatte. Aber sie hatte ein Versprechen gegeben.

»Glaubst du, dass sich Kirsti und Lars Olsson heimlich treffen?«, fragte Hillevi mich.

»Was denn sonst!«, sagte ich. Und dann fügte ich dazu: »Ich habe sie sogar schon einmal zusammen gesehen.«

»Wie? Wo? Wann?«, fragte Hillevi aufgeregt.

Ich erzählte. »Du kennst doch die alte Kleiderfabrik, wo sich abends Jugendliche manchmal zum Knutschen treffen?«

Hillevi nickte.

»Vorgestern Abend ging ich da vorbei und sah, wie Lars Olsson mit seinem Mofa dort ankam. Er war ohne ein Mädchen. Aber kurze Zeit später sah ich Kirsti. Sie ging auch in Richtung Kleiderfabrik. Ich versteckte mich hinter einem Haus und beobachtete sie. Dort, wo Lars sein Mofa abgestellt hatte, blieb sie stehen und sah sich um. Dann ging sie in die Fabrik. Ich folgte ihr. Es war schon ziemlich dunkel. Als ich die Fabrik betrat, konnte ich kaum etwas erkennen. Ich entdeckte die beiden erst, als ich die Stimmen hörte. Ich hatte ein gutes Versteck hinter einem Tisch und dort blieb ich. Ich wollte eigentlich nicht spionieren, aber du weißt ja, was mir Lars Olsson bedeutet!«

Hillevi nickte und sagte voller Mitleid: »Dir muss das Herz geblutet haben!«

»So ähnlich«, sagte ich und setzte meine Geschichte fort. »Erst hörte ich nur das Kichern von Kirsti. So, du weißt schon, als hätte Lars sie gekitzelt. Dann sagte Lars: ›Du bist das hübscheste Mädchen in der ganzen Schule!‹«

»Das ist übertrieben«, sagte Hillevi. »Ich weiß mindestens zehn Mädchen, die noch besser aussehen als Kirsti!«

»Ja«, sagte ich, »es klang auch ein wenig verlogen.«

»Und was geschah dann?«, fragte Hillevi.

»Dann hörte ich so ein Rascheln und Quietschen. Ich dachte erst, da wären vielleicht Mäuse oder Ratten und ich hatte schon etwas Angst. Aber dann merkte ich, dass die Geräusche von Kirstis Nylonjacke kamen.«

»Hat sie sie ausgezogen?«, fragte Hillevi.

»Nein, das glaube ich nicht. Es war ja ziemlich kalt und feucht dort. Ich glaube, Lars hat sie angefasst. Umarmt oder so.«

»Und geküsst!«, sagte Hillevi.

»Wahrscheinlich«, sagte ich. Mir war ganz heiß von meiner eigenen Geschichte. Ich war ja wirklich verliebt in Lars Olsson. Ein bisschen. Und jetzt opferte ich ihn mit Haut und Haaren für die Freundschaft mit Hillevi.

Na ja, die Freundschaft gab es ja wirklich. Mit Lars Olsson und mir wäre es sowieso nie was geworden! Aber Kirsti tat mir Leid. Ich mochte sie ja auch. Nur nicht so sehr wie Hillevi. Das Merkwürdige war nur, je mehr ich über die angebliche Liebschaft zwischen Kirsti und Lars Olsson erzählte, desto mehr glaubte ich selbst an diese Geschichte.

Ich betrachtete Kirsti tatsächlich wie meine Rivalin. Das war sie ja auch, aber nur in Bezug auf Hillevi. Trotzdem setzte sich bei mir der Gedanke fest, dass Kirsti etwas mit Lars hatte. Als sie mich besuchte, stellte ich sie auf die Probe.

»Wie findest du Lars Olsson?«, fragte ich.

»Süß!«, rief sie begeistert.

»Würdest du gerne mit ihm gehen?«

»Ja schon«, sagte sie zögernd, »aber er gehört ja dir.«

»Ich gehe aber nicht mit ihm«, sagte ich.

»Aber du würdest gerne mit ihm gehen«, sagte Kirsti. »Und das ist dasselbe.«

Ich besuchte Hillevi. Kirsti besuchte mich. Wenn ich bei Hillevi war, sprach sie immer nur über Kirsti, was sie wohl jetzt machte und wie oft sie sich mit Lars Olsson traf, und immer wieder musste ich neue Geschichten erfinden. Wo ich die beiden gesehen hatte, was sie gemacht hatten und was sie nicht gemacht hatten und was sie gesagt hatten und so weiter. Ich dachte, ich könnte schon fast einen Roman schreiben über Kirsti und Lars Olsson. Es würde dann *Eine endlose Liebesgeschichte* heißen.

Und wenn Kirsti mich besuchte, fragte sie immer nach Hillevi und was sie wohl gegen sie hätte. Und wieder musste ich alles Mögliche erfinden, warum Hillevi mit Kirsti nichts mehr zu tun haben wollte.

Eines Tages hatte ich genug von diesem ganzen Geschichtenerfinden. Mir fiel auch nichts mehr zu der Liebesgeschichte ein. Sie hatten sich bereits mehrere Male geküsst, ich liebe dich, ich liebe dich auch gesagt, und andere, aufregendere Erlebnisse fielen mir dazu nicht ein. Ich war ja noch nie mit einem Jungen zusammen gewesen. Ich beschloss, die Liebesgeschichte zwischen Kirsti und Lars zu beenden.

Hillevi wusste nichts davon, dass Kirsti mich besuchte. Sie hätte auch nicht verstanden, wieso ich mit ihr noch befreundet sein konnte, wo sie doch meinen Geliebten verführt hatte. Wo doch Hillevi, der es überhaupt nicht wehtat, mit wem Lars Olsson zusammen ging, aus lauter Freundschaft zu mir empört war und die Freundschaft mit Kirsti beendet hatte.

»Gestern hat mich Kirsti überraschenderweise besucht«, erzählte ich Hillevi.

»Was!«, rief sie.

Ich nickte. »Sie hat mit Lars Olsson Schluss gemacht. Sie sagte, sie hätte einfach ein zu schlechtes Gewissen mir gegenüber gehabt.«

»Aha, jetzt also plötzlich!«, rief Hillevi.

»Sie bat mich um Verzeihung«, sagte ich.

»Aber du hast ihr nicht verziehen!«

»Doch«, sagte ich. »Ich habe ihr gesagt, dass wir wieder Freundinnen sein können. Es fällt mir nicht schwer, ihr zu verzeihen. Jede macht mal Fehler! Und du solltest ihr auch verzeihen! Ich habe ihr nämlich gesagt, dass wir die Sache mit Lars ein für alle Mal vergessen wollen. Wir reden nie wieder darüber. Und ich habe ihr versprechen müssen, dass ich dir kein Wort davon erzähle.«

»Sie weiß also gar nicht, das ich es auch weiß?«

Ich schüttelte den Kopf. »Aber sie leidet sehr darunter, dass du mit ihr nichts mehr zu tun haben willst. Sie mag dich wirklich gerne!«

»Na ja«, sagte Hillevi. Sie schwankte zwischen der Gerechtigkeit und ihrer Freundschaft zu Kirsti.

Die Freundschaft zu Kirsti war stärker. »Meinetwegen, wenn du ihr schon verziehen hast, wo es doch dein Lars ist, will ich es auch tun.«

Wir trafen uns wieder zu dritt. Zur Feier der Versöhnung gingen wir in eine Eisdiele und bestellten uns die größten Eisbecher. Über Lars Olsson fiel kein Wort. Auf Hillevi konnte man sich verlassen.

Hillevi besuchte jetzt oft Kirsti. Ich besuchte Hillevi. Und Kirsti besuchte mich. Und manchmal trafen wir uns zu dritt.

Ein paar Wochen vergingen. Manchmal hatte ich das Gefühl, dass Hillevi und Kirsti Geheimnisse vor mir hatten. Sie sahen sich verschwörerisch an und lächelten einander zu. Sie lächelten mich aber auch an und ich war wieder beruhigt.

Wir sprachen auch über unsere Lieben. Also über die Jungs, in die wir verliebt waren.

»Liebst du Lars Olsson noch?«, fragte Kirsti mich.

»Ja«, sagte ich und irgendwie stimmte es auch. Ich dachte oft an ihn. Ich sah ihn gerne an. Und wenn er auf dem Schulhof an mir vorbeiging, bekam ich Herzklopfen.

Ich träumte auch von ihm. Wie es wäre, wenn er plötzlich mich ansprechen würde. Mich nach meinem Namen fragen würde. Sagen würde, dass er mich hübsch findet. Oder einfach, dass er mich mag. Und all diese Dinge. Aber ich wusste ja, dass ich bei ihm keine Chancen hatte.

Ich war nicht hübsch genug, ich war nicht alt genug, ich war nicht mutig genug, um überhaupt zu versuchen in irgendeiner Weise seine Aufmerksamkeit auf mich zu lenken. Für ihn existierte ich gar nicht.

So dachte ich bis zu dem Tag, an dem ich einen Zettel in meiner Jackentasche fand. *Ich mag dich. Wenn du mich auch ein wenig magst, komm heute Abend halb sieben zu dem Kiosk an der Schule. Lars.*

Ich erzählte Hillevi und Kirsti nichts von dem Zettel. Das ging nur mich etwas an. Außerdem war ich etwas misstrauisch. Vielleicht machte er sich nur lustig über mich. Vielleicht hatte er doch mitbekommen, was für glänzende Augen ich bei seinem Anblick bekam.

Nein, ich würde es ihnen erst erzählen, wenn wir uns getroffen hätten und ich mir sicher war, ob er es ernst meinte.

Es war ein kalter Dezemberabend. Aber ich verzichtete auf meine Wollmütze. Ich hatte doch die Haare für dieses Treffen vorher extra gewaschen und geföhnt. Meine Fausthandschuhe hatten an jedem Daumen ein Loch. Ich zog die Fingerhandschuhe aus Leder an. Draußen schneite es. Der Kiosk war dunkel. Im Winter sind viele Kioske in Finnland geschlossen. Es ist zu kalt, um in so einer kleinen Holzhütte zu stehen.

Lars war noch nicht da. Es war niemand dort. Ich hüpfte auf und ab, um mich warm zu halten. Um zwanzig vor sieben war es mir schon mächtig kalt. Ich ärgerte mich, dass ich die Wollmütze nicht wenigstens für den Heimweg mitgenommen hatte. Um zehn vor sieben klapperten mir die Zähne und ich spürte, dass meine Finger kein Gefühl mehr hatten.

Fünf Minuten noch, dachte ich. Und danach dachte ich: Bis sieben Uhr warte ich, länger nicht. Ich lief mit steifen Knien um den Kiosk. Ich war fast durchgefroren. Vor dem Fenster, das im Sommer geöffnet war, ragte die Holztheke heraus. Auf dem Brettern lag etwas Längliches, das schon fast zugeschneit war.

Ich strich den Schnee weg. Es war eine Plastikschlange, an die ein Zettel gebunden war. Darauf stand: Eine Schlange für die Schlange. Mit freundlichen Grüßen! Hillevi und Kirsti.

Ich war eine Woche krank. Dann ging ich wieder zur Schule.

Hillevi besuchte ich nicht. Und Kirsti besuchte mich nicht. Einige Zeit blieb das so, dass wir uns nicht kannten. Weder in der Schule noch nach der Schule.

Dann besuchte Kirsti mich. Sie sagte, dass sie mir verziehen hätte. Ich besuchte mit Kirsti Hillevi und auch sie sagte, dass sie mir verziehen hätte. Wir waren wieder zu dritt.

Manchmal sprachen wir auch über die Jungs, in die wir verliebt waren. Aber über Lars Olsson sprachen wir nie wieder. Durch ihn war ja fast unsere Freundschaft in die Brüche gegangen!

Carna Zacharias

Das Leben – ein Film

»Was für ein Leben«, seufzte Antje und ließ sich auf die harte Bank im McDonald's plumpsen. Und noch mal, mit einem Anflug von Verzweiflung: »Was für ein Leben!«

Ich wusste, dass sie den Film meinte, in dem wir gerade gewesen waren, aber ich war nicht ganz bei der Sache, weil ich wieder einmal die falsche Entscheidung getroffen hatte. Ein Vanille- statt eines Schokoladen-Shake. Ich hätte es wissen müssen, nachdem ich das letzte Mal Schoko anstatt Vanille genommen hatte. Das nächste Mal würde ich garantiert ...

Antje stieß mich an. »He, Valerie, war das nicht der Wahnsinn, wie sie mit dem weißen Tiger aus dem Helikopter gesprungen sind? Und die Kuss-Szene am Strand ... Hawaii ... das wär's genau.«

Sie lehnte sich zurück, fuhr sich mit beiden Händen durch die langen blonden Locken und starrte träumerisch auf den Stapel schmutziger Tabletts.

Antje ist meine beste Freundin und sieht aus wie eine Meerjungfrau – ohne die Flosse natürlich. Sie ist vier Monate älter als ich, findet meinen Pferdeschwanz blöd, meine Haarfarbe (braun) völlig aus der Mode, ärgert sich, dass ich die Beste in Sport bin und ärgert sich noch mal, dass ich die Beste in Sport bin. Habe ich erwähnt, dass sie es ist, nach der sich die Jungs umschauen?

»Warum haben wir bloß so ein stinklangweiliges Leben?« Jetzt schaute Antje finster drein.

Vielleicht konnte ich schnell ihren Schokoladen-Shake abstauben, sie hatte ihn nicht angerührt.

»Nie passieren uns so tolle Sachen wie im Film. – He, Valerie, sag was. Sei nicht so stinklangweilig!«

Ich ergriff meine Chance. »Falls du den Shake nicht ...«

Ein lautes, schmatzendes Geräusch übertönte mich. Sie sog am Strohhalm. Zu spät.

»Hallo«, sagte da jemand und ich zuckte zusammen, als hätte man mich beim Abschreiben erwischt.

Antjes Freund stand neben unserem Tisch. Tristan. Schon der *Name*. Und er sah auch noch so aus. Große, braune Märchenaugen, blondes, immer frisch gewaschenes Haar, das ihm in einer Welle ins Gesicht fiel, und eine Stimme wie angerauter Samt. Ich runzelte die Stirn. Konnte Samt überhaupt angeraut sein? Oder war es dann Cordsamt? Na ja, wie auch immer. Er war der Freund meiner besten Freundin und mich sah er sowieso nie an. Ende der Geschichte.

»Ich dachte, du wärst beim Zahnarzt«, sagte Antje.

»Bin auf dem Weg«, erwiderte Tristan. »Wollte nur sehen, was du so treibst.«

Antje winkte ihm nach, als er ging, und er winkte zurück. Ich beneidete die Zahnarzthelferin glühend.

Ungerührt schlürfte Antje ihr Glas leer und schob es angewidert weg.

»Und was fangen wir jetzt mit unserem öden Dasein an?«, fragte sie mit hängendem Kopf.

»Wenn unser Leben nicht wie ein Film ist, dann müssen wir unser Leben eben zu einem Film machen«, sagte ich irritiert.

Antje hob den Kopf. »Du bist ein Genie, weißt du das?«

Am nächsten Tag lagen wir auf meinem Bett und hörten Musik. Nachmittags liegen wir eigentlich immer auf meinem Bett und hören Musik. Nein, das stimmt nicht. Manchmal liegen wir auf Antjes Bett.

»Du bist die Drehbuchautorin und die Regisseurin und ich bin der Star«, rief Antje.

Ich stellte die Musik leiser. »Warum? Das ist unfair. Wir müssen uns abwechseln.«

Antje zuckte die Achseln, so gut das eben im Liegen geht. »Okay. Wenn du dich unbedingt blamieren willst.«

Ich tat, als hätte ich das nicht gehört. »Wir brauchen eine Kamera.«

Antje setzte sich auf. »Quatsch. Wir drehen keinen Film, sondern wir inszenieren unser Leben als Film. Unser Leben ist der Film. Geht das in deinen Strohkopf rein?«

Ich boxte sie in den Bauch.

»Rohe Gewalt statt Hirn. Typisch«, sagte Antje und angelte nach einem Erdnussbutterbrot. »Sind deine Eltern noch verreist?«

Ich nickte. »Hochzeitstag in Venedig.«

»Gut. Dann haben wir für die Innenszenen eure Wohnung.« Es klang etwas undeutlich. Wegen des Erdnussbutterbrots.

Ich holte Block und Kuli.

»Wir müssen entscheiden, was für eine Art von Film wir haben wollen.«

Antje sah mich fragend an. »Was meinst du?«

»Na, zum Beispiel eine Komödie. Oder ein Actionfilm. Oder ein Liebesfilm.«

»Alles zusammen«, entschied Antje. »Ich will Komik, Action und Sex.«

Ich ließ den Kuli sinken. »Sex? Willst du etwa einen Porno ...«

»Liebe meine ich«, verbesserte sich Antje schnell. »Romantik und so. Tristan steht auf so was.«

Ein schwarzer Klumpen wuchs in meinem Bauch. Ich atmete tief durch und sagte dann: »Okay. Zuerst die Komik. Das ist am leichtesten.«

Antje ging zur Tür. »Hast du Mehl im Haus? Und Zucker?«

»Wieso?«

»Für die Torte. Wir müssen die Torte backen.«

Sie ging hinaus. Ich lief ihr nach.

»Was für eine Torte?«

Sie warf mir einen entnervten Blick über die Schulter zu. »Um sie jemandem ins Gesicht zu werfen, wozu sonst? Ich finde das immer wahnsinnig komisch in Filmen, du nicht?« Sie brach plötzlich in lautes Gelächter aus.

Ich ging in die Küche.

»Back bloß nicht deinen doofen Streuselkuchen«, rief Antje mir nach. »Es muss eine Torte sein. Buttercreme.«

Ich grub ein Rezept aus einem altmodischen Kochbuch meiner Mutter aus und brachte tatsächlich eine Art Buttercremetorte zu Stande.

Antje bohrte ihren Zeigefinger rein und leckte ihn ab. »Schmeckt grässlich. Aber wir müssen sie ja nicht essen.«

»Und wem sollen wir sie jetzt ins Gesicht werfen?«, fragte ich dumm. Sehr dumm, denn natürlich hätte ich es wissen müssen.

Es war wie ein Schlag ins Gesicht, obwohl es nicht wehtat. Mir blieb kurz die Luft weg, dann begann das klebrige Zeug schon runterzutropfen.

»Du hast sie ja wohl nicht alle!«, schrie ich, nachdem ich mir Augen, Nase und Mund ausgewischt hatte. »Mein neuer Pullover!«

Antje antwortete nicht, weil sie zu sehr mit Lachen beschäftigt war. Sie saß auf dem Boden und krümmte sich.

»Super war das, einfach super.«

Ich fand es natürlich überhaupt nicht super. »Warum hast du nichts gesagt? Dann hätte ich mir wenigstens was anderes anziehen können!«

Antje stand auf. »Quatsch. Es muss unvermutet kommen, sonst ist doch der Witz weg.« Sie lachte wieder los. »Deine Haare, du solltest mal deine Haare sehen. Und die Ohren ...«

Während ich im Bad beschäftigt war, malte ich mir aus, was der Weiße Hai mit ihr machen würde. Es war höchst befriedigend.

Zwei Tage später arbeiteten wir an der Fortsetzung unseres Kunstwerks. Als Schauplatz hatten wir das Haus unseres Nachbarn Herbert ausgewählt und ich war der Star.

»Und *Action*!«, schrie Antje.

Ich sprang in die Luft, umklammerte mit beiden Händen den Ast und zog mich hoch. Es war schon eine Weile her, dass ich auf einen Baum geklettert war, aber ich fand, dass ich mich recht gut dabei machte.

»Schneller!«, rief Antje.

Schade, dass dies keine Kokospalme ist, dachte ich, als ich ihr eine Eichel auf den Kopf warf. Einen Augenblick später lag ich platt auf dem Hausdach und zog mich keuchend am Fenstersims hoch. Ein letzter Ruck und ich kletterte in das Mansardenzimmer.

»Was ist?«, rief Antje. »Hast du sie?«

Ich sah mich entgeistert in der wilden Unordnung, in der Herbert hauste, um. So ein Zimmer hätte ich mir nicht im Traum für ihn vorgestellt. Er war der Typ, der um sechs Uhr morgens frisch rasiert und im Anzug die Zeitung hereinholt, seine Haustür regelmäßig von außen abwäscht und den Abfall in rosa, Erdbeeraroma ausströmenden Tüten in den Müllcontainer wirft. Und jetzt dieser Wust! Wo bewahrte so ein unberechenbarer Mensch wohl eine wertvolle Münze auf? Ich riss mehrere Schubladen auf, kramte auf seinem Schreibtisch herum (bei den Papierbergen würde das nicht auffallen) und sah sogar unters Bett. Sie musste hier sein, denn er hatte uns oft gesagt, dass er Banken nicht trauen würde. Er war Bankangestellter.

Ich hob gerade eine Ecke der Matratze hoch, als ich Schritte auf der Treppe hörte. Ich wollte die Matratze fallen lassen, doch da sah ich einen braunen Umschlag. Das musste die Münze sein!

Ich griff den Umschlag und schwang mich aus dem Fenster.

Leider vergaß ich, dass ich auf einem Schrägdach landen würde, und rutschte, nein, schoss nach unten.

»Valerie!«, schrie Antje.

Im letzten Augenblick bekam ich einen Ast zu fassen und hangelte mich zurück auf den Baum. Ich hob den Kopf zum Fenster und sah in Herberts fassungsloses Gesicht.

»Das war super«, sagte Antje, als wir wenig später im *Burger King* saßen. »Wie du auf dem Dach runtergerutscht bist und im letzten Moment nach dem Ast gegriffen hast. Wirklich wie im Film. Du solltest Stuntgirl werden.«

Ich hatte Cola bestellt und war fest entschlossen, heute Cola zu mögen. Obwohl ich Cola noch nie gemocht hatte.

Antje griff nach dem braunen Umschlag und öffnete ihn.

»Das sind ja nur Briefe«, sagte sie enttäuscht, als sie ein Bündel gefalteter Papiere herauszog.

Ich griff danach.

Antje zog das Bündel schnell zurück. »Vielleicht wird Herbert erpresst? Oder er hat Geld bei seiner Bank unterschlagen? Ich sag's dir, wir haben einen waschechten Krimi an der Hand!«

Sie strich einen der Briefe glatt und las: »Mein liebstes Zuckerschnäuzchen, ich werde verrückt, wenn ich an deine Ohrläppchen denke ...«

Antje stoppte und sah mich an. Dann prusteten wir los und sackten auf den Tisch.

»Zuckerschnäuzchen«, keuchte ich.

»Ohrläppchen!«, schrie Antje.

»Gebt das her«, sagte eine scharfe Stimme. Und dann riss Herbert Antje die Briefe aus der Hand. Sein Gesicht war hochrot und seine Hände zitterten.

Ich blinzelte einmal, da war er schon verschwunden.

»Zuckerschnäuzchen!«, rief Antje.

Aber mir war das Lachen ein bisschen vergangen. Die Münze hätten wir natürlich wieder zurückgegeben und er wäre sicher wütend gewesen, aber nicht so wütend. Aber mit den Briefen hatten wir eine Grenze überschritten.

Ach, Quatsch, sagte ich zu mir selbst. Was ist schon passiert? Gar nichts. Und wir hätten ihm die Briefe auch zurückgegeben.

Ich rief: »Ohrläppchen!«, und dann fielen wir wieder lachend auf den Tisch.

*

Am Samstagabend nahmen wir den romantischen Teil unseres Unternehmens in Angriff.

Gut, dass wir nicht wirklich drehen, dachte ich. Keine Ahnung, wie das mit der Beleuchtung wäre. Es war Vollmond und wir hatten eine Wiese mit Weiher im Hintergrund als stimmungsvolle Kulisse ausgesucht.

»Und *Action*!«, schrie ich.

Antje und Tristan gingen langsam aufeinander zu, blieben dann stehen und küssten sich.

Ich hatte ein furchtbares Gefühl im Magen. Als ob eine Horde von kleinen Männchen mit Nagelschuhen auf und ab hüpfte. Ich wusste ja, dass er in sie verliebt war, aber das so deutlich vor sich zu sehen ...

Antje trat einen Schritt zurück.

»Das ist ja doof!«, rief sie. »Wir machen so was doch dauernd, was ist denn daran romantisch? Das ist Realität, nicht Film. Stinklangweilig.«

Sie kam zu mir und flüsterte: »Du musst ihn küssen.«

Ich fuhr zurück. »Bist du verrückt? Er ist doch dein ...«

Antje zog mich ungeduldig am Arm. »Ja, ja. Aber dies ist ein Film. Denkst du, alle Schauspieler, die sich küssen, sind ineinander verliebt? Die tun bloß so. Los, du wolltest doch immer der Star sein.«

Sie wandte sich an Tristan. »Jetzt küsst ihr beide euch und ich gucke zu. Ich hab dir ja erklärt, was wir machen.«

Tristan sagte nur: »Okay.« Es war trotz Vollmond zu dunkel, um seinen Gesichtsausdruck richtig zu sehen. Aber wenn er okay sagte, dann war es wohl okay für ihn. Und wenn es für ihn okay war, dann war es für mich garantiert mehr als okay. Mein Gott, ich würde noch verrückt werden.

Antje zog sich zurück und rief dann: »*Action*!«

Zuerst rührten wir uns beide nicht. Dann ruckte Tristans Kopf etwas und ich lehnte mich leicht nach vorne. Als sich, nach endlos langer Zeit, unsere Lippen trafen, wäre ich fast zurückgezuckt, doch dann ließ ich mich in diese zarte Wärme hineinsinken. Er hob beide Arme und ...

»Aufhören!« Antje kam auf uns zugelaufen. Wir ließen abrupt voneinander los.

»Widerlich ist das!«, schrie sie mich an. »Du hast ihn ja richtig ... Ich weiß, dass du in ihn verliebt bist, du blöde Kuh!«

Sie hieb mit den Fäusten auf meinen Arm ein.

Zuerst wollte ich protestieren und mich wehren, doch dann ließ ich sie machen. Denn sie hatte ja Recht. Ich hatte es ernst gemeint.

Wir saßen uns in einer miesen, kleinen Kneipe, in die wir nie gingen, gegenüber und starrten stumm auf die fleckige Tischplatte. Ich hatte Mineralwasser bestellt und lechzte nach einem Orangensaft.

Antje sah nicht gut aus. Ihre Augen flackerten unruhig hin und her und ihr Haar war ungewaschen.

Ich hatte sie dreimal am Telefon angebettelt, sich mit mir zu treffen. Aber so, wie es aussah, war das vielleicht doch keine gute Idee gewesen.

»Okay«, sagte ich schließlich. »Ich geb's ja zu. Ich hab's ernst gemeint. Ich bin in ihn ... du weißt schon. Aber ich hab nichts versucht. Er ist doch dein Freund. Das musst du mir glauben.«

Antje kniff die Lippen zusammen und betrachtete die Ketschup-Flasche auf dem Tisch, als sei sie das faszinierendste Objekt auf der Welt.

Ich holte tief Luft. »Und Tristan hat schon gar nichts versucht. Ich schwör's dir. Er hat es nur gemacht, weil du es wolltest. Da war nichts.«

Antje schniefte.

»Hat er ... Habt ihr darüber geredet?«, fragte ich vorsichtig.

Antje nickte, nahm die Ketschup-Flasche in die Hand und las höchst aufmerksam alles, was auf dem Etikett stand.

»Dann hat er dir doch bestimmt gesagt ...«

Antje nickte wieder, dann knallte sie plötzlich den Ketschup auf den Tisch. »Ja, ja, er hat gesagt, dass es nur mich gibt, und er hat gesagt, dass du ihm vollkommen egal bist.«

Sie sah nicht, dass ich zusammenzuckte, und fuhr fort: »Ich glaub's ihm ja. Nur ...«

Ich sah hoch. »Ja?«

Sie schaute mich voll an. »Ich kann es nicht genau sagen. Wir haben etwas falsch gemacht, aber ich weiß nicht, was. Es hat nichts mit dir zu tun. Ich weiß, dass du meine beste Freundin bist und nichts Gemeines tun würdest. Und ich weiß auch, dass Tristan in mich verliebt ist. Es ist nur ...« Sie hob hilflos die Hände und verstummte.

Ich wusste, was sie meinte. Es gab nichts mehr zu bereden, zu erklären. Niemand hatte absichtlich etwas Gemeines getan. Wir hatten ein Spiel gespielt und uns dabei verbrannt. Das Leben war kein Film. Es war kompliziert, zerbrechlich – und wirklich.

Ich bestellte einen Orangensaft und fragte: »Magst du ins Kino gehen?«

Antje hob überrascht den Kopf und grinste dann.

»Na, klar doch. Da kann wenigstens nichts passieren.«

Evelyne Stein-Fischer

Beste Freundin Nummer drei

Beste Freundinnen wachsen nicht auf Bäumen, nicht im Gemüsebeet, nicht im Reagenzglas. Aber sie wachsen. Das kann neun Jahre dauern.

Daniela ist so eine. Eine gewachsene. Eine Freundin der besonderen Art. Sie hat alles, was ich nicht habe: ein großes Mundwerk, Auftreten, *richtig* blaue Augen, *echt* blonde Haare (dafür sind meine Beine schöner), gute Laune, gute Einfälle, genügend Taschengeld und jede Menge Leute um sich. Nicht immer echte Freunde. Manche sind bloß Mitläufer, Hintenherumanschleicher, Möchtegerne. Rund um sie ist jedenfalls meistens was los. Und wer zu ihr gehört, hat angeblich was zu sagen, selbst wenn er schweigt. So wie ich. Da reden welche mit mir, die nie mit mir reden würden, wenn ich nicht Danielas Freundin wäre.

Manchmal tut Daniela auch nur so, als ob sie gut drauf wäre.

Ich kann nicht mal das. So tun, als ob.

Wenn ich down bin, sinke ich tief unter null. Wenn ich unsicher bin, merkt man es bis in die südliche Hemisphäre. (Ich wohne auf der nördlichen.) Wenn ich im richtigen Moment das Richtige sagen will, ist mein Hirn oft auf Mattscheibe geschaltet. Hinterher fallen mir die treffendsten Antworten ein. Dann treffen sie ins Leere, weil keiner mehr da ist, der mir zuhört.

Auch Daniela war nicht immer da. Als beste Freundin nämlich. Sie fiel mir kaum auf. Früher. Denn wir kennen uns schon eine Ewigkeit, begleiten einander wie Schatten seit dem Kindergarten. Ich bemerkte sie nicht viel mehr als den ganz gewöhnlichen Strauch, der vor unserem Haus wächst. Er steht dort seit immer. Wie selbstverständlich.

Beste Freundinnen aber sind nichts Selbstverständliches. Für mich schon gar nicht. Da muss schon mehr dahinter sein. Und zwar in der Reihenfolge:

Ich muss mit ihr lachen können/ich muss ihr alles erzählen können/ich muss mit ihr durch dick und dünn gehen können/sie muss ahnen, was ich fühle/sie darf mich nicht belügen/ich muss mit ihr teilen können.

Kann ich das?

Manchmal hab ich so meine Zweifel:

Okay. Wir können viel gemeinsam lachen.

Ich kann ihr auch alles erzählen. Nur ... erzählt sie es weiter. Sie verplappert sich ständig.

Ich bin auch schon mit ihr durch dick und dünn gegangen ... Bloß anders, als was man normalerweise darunter versteht. Einmal hatte sie fünf Kilo zu viel. Dann ich.

Sie weiß tatsächlich, was ich fühle ... Nur nimmt sie meistens keine Rücksicht darauf. »Wird schon wieder!«, sagt sie und redet von ganz etwas anderem. Nämlich von sich.

Sie belügt mich auch nicht ... Nein. Wirklich nicht. Sie sagt mir knallhart die Wahrheit. Zum Beispiel, dass ich mir doch statt meiner dämlichen Brille lieber Kontaktlinsen zulegen sollte.

»Wie willst du mit so einem Gestell im Gesicht jemals ordentlich küssen?«

Ich kann sogar mit ihr teilen ... Letztes Jahr haben wir uns ein sexy T-Shirt gemeinsam gekauft, weil es für eine allein zu teuer gewesen ist. Sie hat es siebenmal getragen. Ich bloß zweimal.

»Was kann ich dafür, dass du nie ausgehst! Für den TV-Sprecher vor der Glotze brauchst du es wohl kaum! Da ist es doch nur natürlich, wenn *ich* es trage, oder?«

Meine Antwort hört sie nicht. Sie hat ihre Meinung und ihre eigene Logik. Deshalb sage ich am besten nichts. Es gibt nämlich etwas, was wir noch weniger gemeinsam können: streiten.

Es gibt Tage, da finde ich, dass sie eine ganz blöde Ziege

ist. Die Ziege werfe ich ihr lautstark an den Kopf. Und wie! »Ziege! Blöde!« Da kann ich plötzlich brüllen. Mit einer Wut im Bauch kommt alles, was ich habe, raus. Aber meistens versöhnen wir uns, weil wir nach einiger Zeit heiser werden. Dann beginnt Daniela zu lachen, weil wir uns so aufführen. Und ich lach mit ihr. Wir spüren es beide: Etwas ist stärker als der Streit. Ich kann es nicht erklären. Es gleicht einem unsichtbaren Faden, dehnbar bis an äußerste Grenzen. Ein Verbindungsfaden, der nicht reißt.

Außerdem hat Daniela noch etwas, was ich nie hatte und nie haben werde. Einen älteren Bruder. Kevin. Auf den stehe ich total. Der schneit mir Sternschnuppen vor die Augen, mitten im Winter. Bei dem tauche ich durch die extremsten Temperaturschwankungen, sobald ich ihn sehe.

Und Daniela wird zur allerbesten Freundin der Welt.

Dann denke ich daran, was sie mir von Kevin geschenkt hat, als sie und ich noch in den Kindergarten gingen. Er weiß es bis heute nicht.

Damals war *ich* die Besondere. Nicht sie.

Ich war »Tamara«. *Die* Tamara. Und alle beobachteten mich, wenn ich am Morgen antanzte.

Das hatte einen besonderen Grund.

Kindergarten

Jeden Tag, wenn ich mich dem Kindergarten näherte, begann ich fröhlich zu hüpfen. Ich wusste, jemand wartete vor dem Tor. Der allerwichtigste Jemand der Welt. Ich riss mich von Mamas Hand los, sobald ich *Michi* entdeckte. Michi vor dem Tor. Wir liefen mit ausgebreiteten Armen aufeinander zu und hielten uns fest. Michi küsste mich auf den Mund. Ich küsste zurück. Voll und schön. Die anderen sahen zu, meine Mutter rief: »Was für eine Liebe!« Und die Kindergärtnerin sagte: »So eine Freundschaft haben wir noch nie erlebt!«

Wir hatten damals beide hellblonde lange Locken, fein wie Sonnenstrahlenfäden. Michis Haare kitzelten meine Wange, meine Nase, meine Stirn. Beim Spielen, beim Schlafen, beim

Basteln. Wir waren unzertrennlich. Wir sahen wie zwei Mädchen aus einem Bilderbuch aus. Aber *meine beste Freundin Nummer eins*, meine allerbeste, war ein Junge. Michi war ein Michael. Wir liebten uns. Wir sahen aus wie Engel und fühlten uns so.

Eines dunklen Nachmittags spazierten wir alle mit unseren selbst gebastelten Laternen in den nahe gelegenen Park. Michi und ich hielten uns an den Händen. Wir führten die kleine Prozession der Kinder an. Es wurde Nacht und die Lichter in unseren Laternen leuchteten uns den Weg. Wir sangen:

»Ich geh mit meiner Laterne / und meine Laterne mit mir./ Da oben leuchten die Sterne / und unten, da leuchten wir./ Das Licht geht aus, / wir gehn nach Haus, /Rabummel, rabammel, rabum.«

Bei »rabum« stolperte ich über einen am Boden liegenden Ast, und weil ich Angst hatte, meine Laterne könne zu brennen anfangen, versuchte ich sie hochzuhalten, fiel jedoch voll auf den Asphalt. Vor Schmerz schrie ich das schöne Lied kaputt. Meine Laterne war zerrissen, als Einzige konnte sie nicht scheinen und die Sterne da oben nützten mir wenig. Ich dachte, Michi würde mir seine Laterne geben, aber er tat es nicht. Ich sollte seine bloß mithalten. An dem dummen dünnen Stab. Aber das wollte ich nicht. Ich wollte meine eigene.

Ich steckte die Hände tief in die Manteltaschen und weinte still in mich hinein. Schließlich trottete ich als Letzte hinterher. Neben Daniela. Michi aber ging ganz vorne. Ohne mich. Er führte die Herde als Oberschaf an und am nächsten Tag war ich mit ihm böse. Am übernächsten auch. Da kam er auf die Idee, mir etwas zu schenken. »Ich hab was Tolles für dich!«, sagte er. Das Tolle lag in einer winzigen grünen Schachtel. Vorsichtig öffnete ich sie, doch als ich entdeckte, was drin war, schrie ich, dass alle Kinder zusammenliefen.

Es war ein Hirschkäfer. Der hässlichste, grausigste, schwärzeste Greifzangen-und-Kinderverschluckkäfer!

»Du bist gemein!!«, schrie ich Michi an und schlug ihm die Schachtel aus der Hand, trat wie wild auf dem toten Käfer herum, der ins Gras gefallen war.

»Blöde Kuh!«, brüllte Michi. »Mit dir red ich nie wieder. Nie wieder!«

Dabei blieb es. Ich hatte meine erste beste Freundin verloren.

Bald darauf machte sich Daniela an mich ran. Sie schenkte mir auch etwas. Etwas, von dem sie wusste, dass ich es mir schon lange gewünscht hatte. Einen Zahn. Ich wollte schon immer einen Zahn an einer Kette tragen wie meine Kusine Sonia. Daniela zog mich hinter die Toilettentür, öffnete ihre Faust. Auf ihrem Handteller lag ein kleiner schiefer Zahn.

»Von meinem Bruder«, erklärte sie. »Er ist ihm gestern ausgefallen. Darfst es keinem sagen, dass du ihn hast.«

Wir teilten unser erstes *Geheimnis*.

Etwas begann zu wachsen. Sehr langsam: unsere Freundschaft.

GRUNDSCHULE

Wir kamen in dieselbe erste Klasse, saßen jedoch nicht nebeneinander. Ich wollte neben Oliver sitzen, der in meiner Straße wohnte. Er hatte drei Mäuse, einen Hund und zwei Papageien. Ich hatte bloß zwei Regenwürmer und ich borgte sie ihm, dafür lieh er mir einen Tag lang heimlich seine kleinste Maus. Sie wohnte in meiner tiefen Rocktasche und ich zog meine linke Hand nur heraus, um das Heft zu halten, in das ich meine ersten Buchstaben malte. Daniela beachtete ich kaum. Sie gab damit an, dass ihr Vater ein »Dippel Ing« sei, was auch immer das bedeutete, und ihr die teuersten Schuhe und Kleider kaufen könne. Später erfuhren wir, dass das geheimnisvolle »Dippel Ing« Diplom-Ingenieur bedeutete und dass es davon Tausende gab. Mein Vater ist einer. Und Olivers Vater auch.

Nein. Daniela war keine Freundin für mich.

Dafür aber *Janina.*

Ich mochte sie von Anfang an. Mit acht war sie noch immer *meine beste Freundin Nummer zwei.* Sie war scheu und durchsichtig wie ein Schmetterling. Blasse Haut, dünnes Haar, schmale Hände. Sie hatte die Taschen voll Gummibärchen, besaß die Füllfeder, die ich mir schon immer gewünscht hatte und die sie mir borgte. Sie hatte eine Katze, die mir entgegenlief, wenn ich Janina besuchte. Wir besuchten uns oft. Wir teilten uns echte und erfundene Neuigkeiten mit und teilten auch die Angst. Nämlich dann, wenn ihre Eltern weggingen und wir beide in dem großen Haus alleine waren. Janina hatte ständig Angst, dass Einbrecher oder Mörder um das einsame Haus mit der großen Wiese und den dunklen Obstbäumen schleichen könnten. Sie glaubte sie zu hören. Sie glaubte sie zu sehen. Wir verkrochen uns beide in ihrem Bett, dicht an dicht, flach wie Sardinen, zogen die Decke über den Kopf und holten von Zeit zu Zeit vorsichtig Luft. Keiner sollte uns finden. Wir verbrachten die aufregendsten Stunden der Welt und erlebten mehr, als sie jemals im Fernsehen zeigen konnten.

Mit Janina war es schön.

Doch eines Tages betrat ich ihr Zimmer und Janina saß wie versteinert auf dem Teppich. Sie blickte nicht hoch. Ihre Mutter deutete in eine Ecke, auf ein blaues Kissen, das am Boden lag. Auf dem Kissen schlief die Katze.

»Sie ist tot«, sagte Janinas Mutter. »Jojo ist angefahren worden. Jetzt ist sie tot.«

»Ist sie nicht!!«, schrie Janina und erwachte aus ihrer Denkmalstarre. Sie schnellte hoch, stürzte sich auf ihre Katze, deckte sie mit ihrem Körper zu.

Einen Tag darauf lud sie mich zu einer besonderen Zeremonie ein. Wir sollten Jojo in ihrem Garten begraben.

»Oliver hat gesagt, dass man das nicht darf«, erklärte ich ihr.

»Warum nicht?« Janina hockte auf der Erde, die große Schaufel, mit der sie das Grab ausheben wollte, in der Hand.

»Weil es angeblich das Grundwasser verseucht«, erklärte ich.

»Na und?«

»Dann trinkst du und beginnst womöglich zu miauen.«

»Du bist vielleicht doof!«

»Bin ich nicht. Aber wie du meinst.«

Ich half ihr das Loch graben, den Hügel schaufeln, eine Blume in die Erde stecken. Wir sprachen ein Gebet und weinten gemeinsam am Katzengrab. Wir erzählten es keinem. Das war es, was uns zu wirklichen Freundinnen machte. *Das Geheimnis.* Aber es war nicht genug.

Wieder kam eines Tages Daniela dazwischen. Wir waren beide zehn und ganz verschieden. Nur sie bestimmte, wann wir spielten. Was sie sagte, galt, oder sie zog beleidigt ab.

Sie hatte immer einige Kinder um sich, die ihr gehorchten. Sie zogen mit ihr rum und meistens zählten Janina und ich nicht dazu. Wir waren ausgeschlossen vom Wissen der so genannten Erfahreneren in der Klasse. Denn Daniela kannte einen Platz, einen geheimen, von dem aus man die Nackten auf der Terrasse im Saunabad beobachten konnte. Sie nahm sogar den Operngucker ihrer Mutter zu Hilfe. Einmal durften wir mit. Ich guckte hindurch und wurde rot. Janina wollte nicht mal schauen. Sie war wütend. »Wenn du noch mal zu dieser Daniela gehst, kannst du mich vergessen!«

Ich vergaß sie. Nach und nach. Mit Daniela war es lustiger. Ich wollte nicht mehr mit einer Stillen zusammen sein. Zwei Stille, das war wie das Katzengrab, von dem keiner was wusste. Daniela aber war eine Halberfahrene, von ihr konnte ich was lernen. Auch *wir* begannen etwas zu teilen: Die Freude an der Entdeckung unerlaubter Dinge.

Daniela.

Wir beide hatten bald noch etwas gemeinsam. Herzklopfen. Wilde. Bei Armino di Cardio von der Gruppe *Black Roses*. Er gefiel uns beiden. Schwitzhände, Rotbacken, Augenflimmern, Atemnot, alles machten wir durch. Da keine ihn haben konnte, weil er meilenweit von uns entfernt war, hoch oben auf der unerreichbaren Bühne, schien auch keine von uns eifersüchtig. Wir teilten unsere Träume, unsere Begeisterungsschreie, unsere CDs, auf denen sein Name stand.

Unsere Freundschaft wuchs. Ein kleines Stück. Genug, um sichtbar zu werden. Auch für andere. Daniela wurde meine *beste Freundin Nummer drei.*

Wir waren Daniela *und* Tamara.

Später fand ich heraus, dass Daniela ein besonderes Talent hatte. Sie verstand es, mich wunderbar zu schminken, sodass ich mich nicht wieder erkannte. Wenn wir ausgingen, verwandelte ich mich unter ihren Händen zur Disco-Queen. Dann sah ich fast wie Madonna aus. Ohne Brille natürlich. Die nahm ich schon vorher ab.

»Du siehst aus wie Madonna«, sagte Daniela, wenn sie fertig war.

»Echt??«, fragte ich.

»Fast«, sagte sie.

ZWISCHENZEIT

Trotzdem. Dass sie immer bestimmen wollte, ging auch mir irgendwann auf die Nerven. Und als sie mir einmal mitten in der Deutschstunde ein Autogramm von Armino di Cardio zuschob, ohne mir gesagt zu haben, dass sie auf sein Konzert gegangen war, empfand ich das als Verrat. Ich sprach zwei Wochen und dreieinhalb Tage nichts mehr mit ihr. Bis zu einem Freitagmittag, kurz vor der großen Pause, als sie mir abermals das Autogramm über den Tisch schob.

»Kannst es haben. Ich schenk es dir.«

»Behalt es. Er hat's *dir* gegeben, nicht mir. Steck's dir sonst wohin!«

»Ich hab mir zwei geben lassen. Eines für dich mit«, sagte sie ruhig.

Ich wurde stutzig. War sie also doch nicht so fies, wie ich dachte?

»Ich will es trotzdem nicht«, sagte ich.

»Meins ist genauso wenig von ihm wie das da! Ich hab sie

beide Melanie abgekauft! Ich war ja selber nicht auf dem Konzert. Aber du bist ja gleich so ausgerastet, dass ich's dir nicht erklären konnte!«

Da steckte ich das Autogramm ein.

Mit zwölfeinhalb galt Daniela in der Schule als führend, was Mode und heiße Themen betraf. Gerissen war sie auch. Sie verlangte Beitrittsgeld, wenn man in ihren *Girlieklub* eintreten wollte.

»Ich zahle keinen Groschen«, sagte ich.

»Du hast ja auch Charakter«, sagte sie.

Nur sie hatte keinen mehr. Doch. Einen schlechten. Irgendwie hatte sie sich total verändert. Sie redete hinter dem Rücken anderer. Auch hinter meinem. Sie log. Sie spannte Janina den Freund aus.

»Wenn er lieber mit mir geht als mit ihr, ist es doch *seine* Entscheidung, oder?«, sagte sie.

Ihre »Logik« hatte sie behalten. Mich nicht. Ich bekam langsam genug von ihr. Ich bat sie, mir die seit zwei Jahren verschollene CD von Armino di Cardio endlich zurückzugeben. Das war das Zeichen. Wir trennten uns kurz vor den Sommerferien. Es hieß nicht mehr Daniela *und* Tamara.

Sondern: Daniela. Tamara.

Ich war Tamara. Ich bestand auch ohne sie.

JUNGENZEIT

Als die Schule wieder begann, hatten sich viele von uns äußerlich verändert. Daniela wies mehr Busen und mehr Hüften auf, Jacquelines Stabbeine waren nicht mehr so stabig, Oliver hatte Gel in den Haaren und sah ganz komisch aus und Janina war geschminkt. Auch ich hatte was: Pickel.

Die Brille hatte ich auch noch. Deswegen sah ich ihn. Sah ihn scharf. Er war um mindestens zehn Zentimeter gewachsen, in Höhe und Schulterbreite. Ein Junge zum Umfallen. Ich rührte mich nicht, schaute, zitterte und beschloss wieder Danielas Freundin zu werden.

Wie sonst sollte ich an ihren Bruder Kevin rankommen?

Ausgerechnet der Deutschlehrer half mir dabei. Er gab uns zu Beginn des Schuljahres eine Aufgabe, die ein gutes Klassenklima schaffen sollte: Jeder musste sich jemanden aussuchen und ihm in einem Brief schreiben, was er gut an ihm leiden mochte. So, dass niemand ausgelassen wurde. Ich war schneller als die anderen. Ich wählte Daniela.

Mir fiel nichts Gutes ein und ich nagte an meinem Kugelschreiber. Dann begann ich: *Ich mag dich, weil man mit dir gut lachen kann.* Ich erinnerte mich an eine Szene, die wir gemeinsam erlebt hatten, gestattete ihr auch noch, schöne Augen zu haben, *echt* blau, sowie blonde Haare, *echt* blond. Meine waren indessen von einem verlorenen Braungelb wie bei einer verbrannten Ofensemmel. Aber ich sollte ja nicht über mich schreiben. Es ging um Daniela. Ich erfand noch ein paar gute Eigenschaften hinzu, damit sie mich wieder in ihrer Gruppe der Bewunderinnen aufnahm. Mir war jedes Mittel recht. Ich wollte Kevin.

Eines Tages schlug Daniela vor, mich einmal zum Eislaufen in die Stadthalle mitzunehmen. Ich wusste, dass sie dort samstags meistens mit ihrem Bruder aufkreuzte. Sie aber ahnte nichts von meinem Plan. Ich kann ungefähr so gut Eis laufen wie ein Elefant. Aber ich würde mich an der Rampe oder ein, zwei Runden lang an ihr festhalten. Irgendwo würde Kevin sein. Ganz in der Nähe. Und bestimmt mit uns reden. Ich ließ meine Brille zu Hause, übertupfte zwei Stunden meine Pickel, kleidete mich so, dass er mich bemerken musste. Mit Ausschnitt, mitten auf dem Eis. Mochte ich blaue Finger bekommen und einen Schnupfen. Bloß die Zähne durften nicht klappern.

Ich holte Daniela ab und wir nahmen den Bus. Daniela, Kevin und ich. Ich saß. Er stand. Mein Gesicht war in der Höhe von seinem Hintern, weil er mir unhöflicherweise den Rücken zudrehte. Ich konnte nirgends anders hinsehen. Er hielt sich an der Haltestange fest, blickte aus dem Fenster und bemerkte mich nicht. Trotzdem hätte ich bis nach Alaska fahren können. So nah war ich ihm noch nie. Als unsere Station gekommen war, stieß mich Daniela in die Rippen.

»He, aussteigen! Träumst du!?«

Kevin sah einfach umwerfend in seinem Outfit aus. Er hatte schnell seine Eisschuhe an, während wir beide eine Ewigkeit brauchten. Daniela wollte sich noch unbedingt auf dem Klo schminken. Sie zog die Lippen nach, endlos genau. Indessen fegte Kevin draußen über die schimmernde kratzige Fläche. Als wir das Eis betraten, klammerte ich mich an Daniela und hielt Ausschau nach ihm. Ich drehte drei Wackelrunden, während Daniela wie eine Möwe dahinglitt. Dann sah ich ihn und stolperte. Krachte zu Boden. Kevin!

Daniela war es peinlich. »Schau doch, wo du hinfährst! Du stößt ja alle um!«

Ich schaute, nur eben woanders hin. Sah Kevin neben einer Dünnen, unglaublich Sportlichen umherkurven. Plötzlich nahm Kevin sie an der Hand und sie fuhren zu zweit. Lachten. Unterhielten sich. Ließen einander los. Jemand klopfte Kevin auf den Rücken, ein Junge mit Mütze, er legte den Arm um Kevins Schultern, Kevin legte seinen Arm um ihn. Auch sie fuhren jetzt zu zweit. Eine ganze Weile. Ich wollte die beiden einholen, aber da entdeckte Daniela jemanden aus der Parallelklasse.

»Du kommst doch allein zurecht, oder? Ich fahr mal da rüber!«

Sie ließ mich zurück, und weil man in einem sich ständig bewegenden Kreis nicht einfach wie angewurzelt dastehen kann, setzte ich mich zitternd in Bewegung, die Arme wie die Tragflächen eines Flugzeugs ausgebreitet. Ich hatte eine riesige Wut, die kurbelte meine Beine an, verlieh mir Schwung. Ich wollte mithalten in dem Eis-Wirbel, stieß vorwärts, schneller, immer schneller, stieß heftig mit dem Kopf gegen den Bauch eines Jungen. Wieso fährt der verkehrt herum!?? Ich klammerte mich an seinen Hüften fest, verlor den Halt, knickte ein, er hob mich auf. Ich hörte sein tiefes Lachen.

»He, glaubst du, du bist ein Stier? Rennst mir die Hörner in den Bauch?«

Nein – ich bin ein Elefant.

»'tschuldige«, murmelte ich. Dann blickte ich hoch. Entdeckte sein Gesicht. Sympathisch war es. Der Junge sah sogar ziemlich gut aus. Aber er war nicht Kevin. Obwohl ich mir die Szene mit ihm lieber erspart hätte. Den Rest des Vormittags verbrachte ich an die Rampe gelehnt und beobachtete die anderen. Alle hatten Spaß. Ich hatte Sehnsucht. Kevin war irgendwo verschwunden. Plötzlich schoss Daniela auf mich zu, vier Jugendliche im Schlepptau, einer davon war der Junge, in den ich reingestoßen war.

Wir lächelten uns an. Er breit. Ich verlegen.

»Kennt ihr euch?«

»Wie man's nimmt«, sagte der, der Sven hieß. Er blieb bei mir, als die anderen wieder davonfuhren. Wir redeten ein bisschen und er schielte immer nach meinem Ausschnitt. Ich fror und er legte mir seinen Schal um.

»Ich borg ihn dir«, sagte er. »Der stört mich ohnehin.«

Ich hatte keine Lust mehr, mich lächerlich zu machen, und kaufte mir eine Cola, während er sich wieder aufs Eis begab. Nach einer halben Stunde stand Daniela neben mir. »Sven hat mich um deine Telefonnummer gebeten. Stört dich doch nicht, dass ich sie ihm gegeben habe, oder?«

»Und warum hat er mich nicht selbst gefragt?!«

»Wohl ein bisschen schüchtern. Ist doch ein netter Zug, oder?«

Ich hasste es, verkuppelt zu werden. Obwohl mir Sven gefiel. Ich wollte, wenn schon, mit Kevin verkuppelt werden.

Schließlich heckte ich einen Plan aus. Ich hatte erst zwei Partys gegeben, kleine. Daniela hatte schon oft Riesenfeten veranstaltet. Meistens wenn ihre Eltern irgendwo auf ein Seminar fuhren und sie die Wohnung für sich hatte.

Mama hat mal gemeint, sie verstehe nicht, warum Kinder Partys machen, ohne dass die Eltern es wissen. »Können die Kinder nicht den Eltern vertrauen?«

»Den Eltern schon«, antwortete ich. »Aber die Eltern nicht den Kindern. Das ist das Problem. Du musst mal sehen, wie so eine Wohnung nach einem wilden Fest aussieht! Aber nicht, wenn man die richtigen Leute einlädt«, fügte ich schnell hinzu.

Ich durfte ein Fest geben. Mit den »richtigen« Leuten. Kevin war der Allerrichtigste. Ich bat Daniela, ihn mitzubringen, und lud auch Sven ein.

Zwei Stunden vor meiner Party begann ich zu frieren. Vor Aufregung. Als die Ersten an der Tür läuteten, schrillte es in meinem Bauch, während es in meinem Kopf ding-dong machte. Meine Finger fühlten sich kälter an als die Eisfläche in der Stadthalle. Alle kamen. Alle brachten etwas mit. Daniela kam als Letzte. Sie brachte niemanden mit.

Ich starrte sie an, wartete auf etwas.

»Ist was? Seh ich komisch aus? Tut mir Leid, wenn ich so spät komm, aber Kevin gibt ausgerechnet heute auch eine Fete, also da wollt ich am Anfang mit dabei sein.«

Ich gefror bis in die Haarspitzen. Sie sah es mir an.

»Ach so, ja. Er lässt sich entschuldigen. Aber weißt du, Kevin ist so einer, dem in letzter Minute die verrücktesten Sachen einfallen und ...«

»Schon gut«, sagte ich.

Ich verschwand in meinem Zimmer, machte die Tür zu, weinte. Weinte auf meinem eigenen Fest. Wenig später kam mir Daniela nach.

»Was ist denn??« Sie legte einen Arm um mich. Sie roch nach ihrem guten Parfüm. Und ein bisschen nach Alkohol.

»Ich find das gemein von deinem Bruder.«

»Deswegen *weinst* du? Ach so ...«, sagte sie plötzlich leise. »Du ... du bist in ihn ...«

»Ja.«

Pause. Unendlich lange Pause.

»Du hättest nichts von ihm«, sagte sie.

Ich hab schon was von ihm, schoss es mir durch den Kopf. Fast hätte ich gelacht: seinen Kinderzahn.

»Und warum nicht?«, fragte ich tapfer.

»Weil ...« Daniela richtete sich auf. Sie schwieg.

»Weil er eine feste Freundin hat, ist es das?«

»Nein. Das ist es nicht.«

Ich atmete auf.

»Es ist was anderes.« Sie blickte zu Boden. Hielt die gefalteten Hände zwischen ihren Knien. Wirkte irgendwie hilflos.

»Er mag mich nicht«, sagte ich. »Ich seh aus wie eine Brillenschlange mit Pickel.«

»Quatsch!« Sie lachte. Sah mich an. »Nein. Es soll keiner wissen, verstehst du«, sagte sie plötzlich sehr ernst. »Er hat es nur mir anvertraut. Bis jetzt.« Dann wurde ihre Stimme wieder ganz leise. »Er ist schwul ... Er interessiert sich nicht für Mädchen! Er hat einen festen Freund.«

Erst verschlug es mir die Rede. »Ach so ...«, sagte ich schließlich. Irgendwie erleichtert. Auch enttäuscht.

»Du darfst es aber keinem sagen. Keinem!«

»Natürlich nicht. Es bleibt unter uns.«

Ich nickte. *Wir hatten wieder ein Geheimnis.*

Eines, das wir behutsam verwahrten. Eines, das anfangs wehtat und über die normalen Geheimnisse bester Freundinnen hinausging ...

»He«, sagte sie und drehte meinen Kopf zu sich. »Du siehst total verheult aus. Soll ich dich schminken, bevor du da wieder reingehst?«

Ich nahm die Brille ab und sie begann. Sie tat das, was sie so gut konnte.

»Du siehst aus wie Madonna«, sagte Daniela, als sie fertig war.

»Echt?«, fragte ich.

»Fast«, sagte sie.

Thomas Jeier

Meine Freundin vom anderen Stern

Also, ihr werdet mir bestimmt nicht glauben: Meine Freundin kommt von einem anderen Stern. Genauer gesagt, vom Planeten XR/ZY183-y, der liegt zwei Milchstraßen weiter und dann gleich rechts durch das Schwarze Loch. So hat Mariluna es mir beschrieben. Sie kurvt alle paar Tage durchs All und kennt den Weltraum wie ihre Westentasche. An den Namen meiner Freundin musste ich mich erst gewöhnen. Von ihren Eltern wird sie Marizessa genannt, das bedeutet »Kleine Prinzessin«. Einen Nachnamen hat sie auch, aber der würde zwei Seiten füllen und ich lasse ihn besser weg. Ich erzähle euch lieber, wie Mariluna meine Freundin wurde und was wir am 12. Mai alles erlebten.

Das war der Tag, an dem Mariluna vom Himmel stieg. So kam es mir jedenfalls vor. Ich träumte gerade von der letzten Mathearbeit, die wieder mal gründlich in die Hose gegangen war, als grelles Licht vor meinem Fenster auftauchte und ich aus dem Schlaf schreckte. Dazu muss man wissen, dass wir auf dem Land wohnen, einige Kilometer von der nächsten Ortschaft entfernt, und es dort nachts zappenduster ist. Meine Eltern waren bei Freunden eingeladen und ich war allein zu Hause. Ich bin vierzehn und habe normalerweise keine Angst, aber das Licht ließ mich ziemlich kleinlaut werden. Das kommt wahrscheinlich daher, daß ich mir *Akte X* und solche Sachen ansehe. Ein UFO, war mein erster Gedanke, als das Licht immer heller wurde und sogar die Farben wechselte. Konnte ich denn ahnen, dass es sich tatsächlich um ein Raumschiff handelte?

Weil ich genauso mutig wie Dana Scully sein wollte, das ist die FBI-Beamtin aus *Akte X*, stieg ich aus dem Bett und zog mich rasch an. Ich holte mir das größte Küchenmesser und ging auf Zehenspitzen zur Haustür. Ich öffnete sie einen

Spalt und stolperte in die Küche zurück, als das Licht wie eine leuchtende Flutwelle in unser Haus schwappte. Vor mir tauchte ein Schatten auf, dann verschwand das Licht mit einem pfeifenden Ton, der mich an ein Hardrock-Konzert im letzten Herbst erinnerte. Die Tür flog zu und eine Stimme sagte: »Hallo, Karla! Tut mir Leid, dass ich dir so auf die Zehen treten muss! Ich bin Mariluna ...« Dann nannte sie ihren Nachnamen, was mir genügend Zeit ließ, mich von meinem Schreck zu erholen und das seltsame Wesen zu betrachten, das neben der Garderobe aufgetaucht war.

Mariluna war ungefähr so groß wie ich und sprach meine Sprache, aber damit hatten sich die Gemeinsamkeiten. Sie bestand aus flüssigem Licht, das orangefarben schimmerte und eine angenehme Wärme verbreitete. Keine dunklen Narben auf dem Kopf wie die Klingonen in *Star Trek* und kein Glibberschleim wie das eklige Wesen in *Alien*. Sie war ein Lichtwesen und wirbelte wie ein leuchtender Kegel durch unseren Flur. Ihre Stimme klang wie ein Computer. »Keine Bange«, fügte sie hinzu. Ich bildete mir ein, sie lachen zu sehen. Wenn ich genau hinblickte, erkannte ich nämlich zwei Augen, eine Nase und einen Mund hinter dem wirbelnden Licht. Und zwei Arme, die sich von dem Hauptwesen lösten und mich vorsichtig berührten. Es kitzelte ein bisschen, war aber angenehm. Als ob man sich in ein weiches Kissen kuschelte. »Ich will deine neue Freundin sein.«

»Bist du eine Außerirdische?«, wollte ich wissen. »Wieso bestehst du aus Licht? Warum kommst du ausgerechnet zu mir?«

Es gab unendlich viele Fragen und ich brauchte nicht lange auf die Antworten zu warten. »Immer der Reihe nach«, erwiderte Mariluna. Diesmal hörte ich das Lachen deutlich. »Willst du mir keine Cola anbieten? Ich hab gehört, die soll irre schmecken. Gieß mir das Zeug einfach über den Kopf!« Ich holte eine Flasche aus dem Kühlschrank und zögerte. »Mach schon«, ermunterte sie mich, »es geht nichts daneben. Ich trinke alles weg!« Ich goss die Cola über sie und die braune Flüssigkeit verschwand in dem bunten Lichtkörper. »He, das Zeug schmeckt obercool!«

»Sagt ihr das auch? Obercool?«

Sie kicherte. »Nee, wir haben unsere eigene Sprache. Wenn wir einen fremden Planeten besuchen, hängen wir den Sprachcomputer an die Fernsehprogramme, damit wir die Umgangssprache draufhaben, wenn wir landen.« Der Lichtkegel wirbelte in meine Richtung. »Gehen wir in dein Zimmer?« Und als ich wieder zögerte: »He, du hast doch keine Angst vor mir, oder? Ich komme vom friedlichsten Planeten des Universums! XR/ZY183-y, halb so groß wie eure Erde und viel dunkler, deshalb sind wir wohl zu Lichtwesen geworden. Wir sind harmlos! Bei uns gibt es nur weibliche Wesen, weißt du, wir brauchen keine Männer! Wir pflanzen uns so ähnlich wie eure Blumen fort.« Sie wirbelte dicht an mir vorbei. »Du siehst, ich hab mich gründlich vorbereitet! Wenn ihr auf einen fremden Planeten geht, müsst ihr alles darüber wissen, hat unsere Lehrerin gesagt. Die Maripecka kann ziemlich eklig sein. Sie hat uns diesen Aufsatz aufgegeben: Meine Freundin ist ein Erdling! Heftig, was?«

Ich führte sie in mein Zimmer, setzte mich auf den Drehstuhl vor meinem Schreibtisch und erfuhr alles, was ich wissen wollte. Mariluna war ungefähr so alt wie ich, jedenfalls ging sie in dieselbe Klasse und gehörte einem außerirdischen Volk an, das uns weit überlegen war. Ich weiß, das klingt irre, aber sie hat es mir selber erzählt, und wenn ihr genauso misstrauisch wie Dana Scully in *Akte X* seid, könnt ihr vorbeikommen und die Brandspuren auf unserer Wiese bestaunen, wo das Raumschiff gelandet ist. Die Bewohner von XR/ZY183-y wollen nichts von uns. Mariluna hat mir erzählt, dass sie nur auf fremden Planeten landen, wenn die Bewohner technisch einiges draufhaben. »Sonst gibt es nur Ärger«, sagt sie, »und wir wollen keinen Krieg!«

Auf XR/ZY183-y hat es noch nie Krieg gegeben. Wie gesagt, die Bewohner sind friedliche Leute. Auf Planeten wie der Erde machen sie nur Stippvisiten. »Wenn uns einer sieht, glauben ihm die anderen sowieso nicht«, sagt Mariluna. Sie war nur gelandet, um diesen blöden Aufsatz zu schreiben. »Meine Freundin ist ein Erdling«. Sie versprach ihrer Lehrerin, sich mit einem Erdling anzufreunden und einen Tag mit ihm zu verbringen. »Und woher wusstest du, wer ich bin? Und dass ich nicht in Ohnmacht falle?«

Ihr Licht wurde schwächer und sie schwirrte an meinem Kleiderschrank vorbei. »Ich hab deinen Computer angezapft. Ziemlich überholtes Modell, so ein Ding haben nicht mal meine Großeltern in der Schule benutzt, aber ich hab einen Adapter aus unserem Museum geholt und 'ne Menge über dich rausbekommen. Nicht die feine Art, ich weiß schon, aber ich hoffe, du verzeihst mir noch mal.« Sie wirbelte zum Fenster. »He, du hast doch nichts dagegen, dass ich einen Tag mit dir verbringe, oder?«

»Nein«, erwiderte ich, »das wird spannend. Aber wie willst du dich verstecken? Wenn du so leuchtest, sieht dich doch jeder!«

»Wie wär's damit?«, meinte sie neckisch. Sie knipste sich wie eine Glühbirne aus und es wurde dunkel im Zimmer.

»Wo bist du?«, rief ich erschrocken.

»Hier«, meldete sich meine neue Freundin. Ich spürte etwas Weiches an meinem Hals und nahm an, dass sie sich an mich gekuschelt hatte. »Ich kann mich unsichtbar machen! Leider geht das nur auf anderen Planeten, sonst könnte ich schnell mal abtauchen, wenn meine Eltern wütend auf mich sind.« Sie gähnte in meinen Nacken. Es kitzelte leicht. »Ich bin hundemüde. Ich glaub, wir hauen uns besser aufs Ohr! Wenn der Computer deiner Lehrerin nicht spinnt, schreibt ihr morgen eine Mathearbeit!«

»Den hast du auch angezapft?«

Sie kicherte. »Was denkst du denn? Wenn ich schon 'nen Aufsatz schreiben muss, soll es wenigstens Spaß machen! Du zeigst mir, was auf der Erde so abgeht, und ich helf dir bei der Mathearbeit und zeige der Gunzenböck, wo der Hase läuft! Na, ist das ein Angebot? Ich hab 'ne Menge Tricks drauf.«

Die Gunzenböck war unsere Mathelehrerin und der Gedanke gefiel mir, dass Mariluna sie mit ein paar außerirdischen Tricks aus dem Häuschen brachte. Ich strahlte über beide Backen. »Dann hast du ordentlich was zu schreiben in deinem Aufsatz!«

Ihr seht schon, meine Freundin gehört nicht zu den Außerirdischen, die man im Kino oder im Fernsehen sieht. Selbst E.T. war gegen sie eine lahme Ente, und wenn sie *Star Wars* oder *Star Trek* von unserem Fernsehen abzapft, lacht sie sich kringelig. »Solche Typen gibt's in der ganzen Galaxis nicht!«, verriet sie mir. »Die Leute sehen viel langweiliger aus!« Was man von Mariluna nicht gerade behaupten kann, die schimmerte hellblau, als um kurz vor sieben mein Wecker schrillte. Inzwischen weiß ich, dass Blau die Farbe für Ärger ist. »Du stehst aber früh auf!«, jammerte sie. »Ich hätte mir die Ferien aussuchen sollen!«

»Karla! Mit wem sprichst du da?«, rief meine Mutter verwundert.

»Ich hatte das Radio an«, flunkerte ich verschlafen. Ich kroch aus dem Bett und blieb erst mal sitzen, machte mir klar, dass ich das Lichtwesen nicht geträumt hatte. »Dich gibt's ja wirklich!«, staunte ich. »Wie ich dich kenne, brauchst du nicht zu duschen!«

»Wo kämen wir denn da hin?«, kam die schnarrende Antwort.

»Karla! Mach das blöde Radio aus!«, rief meine Mutter.

Ich legte einen Finger auf meine Lippen und bedeutete Mariluna den Mund zu halten. »Mach dich lieber wieder unsichtbar!«, empfahl ich ihr flüsternd. »Sonst kriegen wir den Mega-Ärger!«

Mariluna knipste das Licht aus und wartete geduldig, bis ich aus dem Bad kam und mich anzog. Sie schmiegte sich an meine Schultern, ihr Gewicht war nicht zu spüren. »Gib mir was von deinem Frühstück ab!«, flüsterte sie mir so leise ins Ohr, dass meine Mutter nichts hörte. »Die Cornflakes sehen lecker aus!«

»Und wie soll ich dich füttern?«, wollte ich wissen.
»Wie bitte?«, fragte meine Mutter.
»Ach, nichts«, meinte ich schnell.
»Ich lenke deine Mutter ab!«, verriet meine Freundin leise. »Schütte das Zeug nach hinten, wenn sie nach draußen geht!«

Das Telefon klingelte. »Um diese Zeit?«, wunderte sich meine Mutter. Sie ging nach draußen und nahm den Hörer ab. »Wie bitte? Wer ist da? Aber ich hatte Sie doch gar nicht angerufen ...«

»Nun mach schon!«, raunte Mariluna hinter meinem Rücken. »Leer das Schälchen aus! Ich hab einen Bärenhunger! Schütte die Cornflakes nach hinten! Keine Angst, es passiert nichts!«

Ich schleuderte den Inhalt des Schälchens über meine rechte Schulter und hörte das genussvolle Knirschen, als Mariluna die Cornflakes verspeiste. »Schmeckt obercool«, bedankte sie sich.

Meine Mutter blieb in der offenen Küchentür stehen und starrte mich entgeistert an. »Ich glaub, mir geht's heute nicht gut«, klagte sie mit ihrem Migräne-Blick. Sie griff sich an die Stirn. »Der Weckdienst wünscht mir einen guten Morgen, obwohl ich ihn gar nicht angerufen habe, und wenn ich nicht genau wüsste, dass du kein Baby mehr bist, könnte ich schwören, dass du deine Cornflakes über die Schulter geschleudert hast!« Sie zwang sich zu einem Lächeln. »Ich glaub, ich leg mich besser noch mal hin.«

Ich war froh, dass sie nicht fragte, warum mein Schälchen schon leer war, und dankte dem lieben Gott, dass mein Vater auf Geschäftsreise war. Er war ein hohes Tier bei einer Arzneimittelfirma. »Das war knapp«, sagte ich zu Mariluna, als wir mit dem Fahrrad zur Schule fuhren, »noch so 'n Ding und meine Mutter wäre in Ohnmacht gefallen!« Ich blickte nach hinten. »Wieso musst du eigentlich was essen? Ich dachte, ein Lichtwesen wie du hängt sich an die nächste Steckdose und tankt Energie!«

»Keine schlechte Idee«, antwortete sie, »aber euer Strom hat keine Power!« Ich stellte mir vor, wie sie schmunzelte. »Eigentlich brauche ich gar nichts zu essen, aber wenn ich euer Fernsehen anzapfe, schau ich mir immer die Werbung an und Cornflakes und Cola wollte ich unbedingt mal probieren!« Wir fuhren an der Bushaltestelle vorbei und sahen einen Jungen aussteigen. »He, was is'n das für 'n cooler Typ?«, meinte Mariluna. »Und so was geht allein zur Schule? Mann, den hätte ich mir längst gekrallt!«

»Das sagst du so einfach«, erwiderte ich leise, »das ist Andy aus der elften Klasse! Hinter dem ist die ganze Schule her! Mit einem Landei wie mir gibt der sich nicht ab!« Ich seufzte bedrückt, als ich daran dachte, wie er beim letzten Schulball an mir vorbeigegangen war. Wie ein Gockel war er an mir vorbeistolziert und hatte die Prinzessin aus der Zehnten aufgefordert! Nicht mal angesehen hatte er mich, dabei war er wirklich ein cooler Typ!

»Das haben wir gleich«, kündigte meine Freundin an. Ich spürte, wie sich der leichte Druck von meinem Nacken löste, und bildete mir ein, eine orangefarbene Wolke über Andy zu sehen. Er hielt plötzlich kopfschüttelnd an, dann lächelte er und rief: »He, Karla, bleib doch mal stehen! Ich muss dich was fragen!« Ich trat überrascht auf die Bremse und er rannte mir nach. Er war ganz anders als sonst. »He, Karla! Ich wollte fragen, ob du heute Abend mit mir ins Kino gehen willst. Ich hol dich um sieben ab, okay?«

Ich war viel zu überrascht, um irgendwas Intelligentes zu erwidern. »Okay«, sagte ich nur, »willst du wirklich mit mir ausgehen?«

»Das will ich schon die ganze Zeit«, antwortete er mit dem nettesten Lächeln der Welt, »mit dem Mädchen aus der Zehnten hab ich sowieso Schluss gemacht. Die war mir zu zickig! He, Karla?«

»Ja?«

»Du siehst toll aus!«

Ich starrte ihm mit offenem Mund nach und drehte mich

erstaunt um, als ich meine neue Freundin im Nacken spürte. »Das war absolut obercool!«, staunte ich. »Wie hast du das gemacht?«

»Verrate ich nicht«, antwortete sie fröhlich.

Mir wurde klar, dass Mariluna intelligenter war, als ich vermutet hatte, und ihr Volk den Erdlingen weit überlegen sein musste. Wahrscheinlich hatte sie ihren Eltern und ihrer Lehrerin versprochen, nichts von ihrem Wissen preiszugeben, denn immer wenn ich sie nach irgendeinem Geheimnis fragte, wich sie mir aus. Nur einmal wurde sie deutlich: »Mit dem Raumschiff Enterprise kämst du kein Lichtjahr weit, das ist 'ne totale Fehlkonstruktion!«

Während der ersten beiden Stunden verhielt Mariluna sich ruhig. Chemie und Biologie. Ich nahm an, dass sie sich heimlich totlachte, als wir über irgendwelche Formeln und die Tiere des brasilianischen Regenwaldes redeten, so was lernten sie wahrscheinlich im Kindergarten. »Dafür kommst du schwerer an Cornflakes und Cola ran«, zog ich sie in der Pause auf. Einige Mädchen aus meiner Klasse standen mit offenem Mund dabei, als ich meine Pausencola über das unsichtbare Wesen auf meiner Schulter goss und die Flüssigkeit auf geheimnisvolle Weise verschwand. »Ich will mal Zauberin werden!«, lachte ich.

Lustig wurde es in der dritten und vierten Stunde. Die Gunzenböck stolzierte wie ein Racheengel ins Klassenzimmer und packte die Arbeitsblätter aus. »Heute schreiben wir eine Arbeit«, sagte sie, als ob wir das nicht gemerkt hätten, »die letzte Möglichkeit, eure Zeugnisnote zu verbessern.« Sie blieb vor meinem Tisch stehen und blickte mich streng an. »Ich hoffe, du bist gut vorbereitet, Karla! Du brauchst eine Drei, sonst musst du die Klasse wiederholen!« Ich roch ihr Parfüm und verzog die Nase.

»He, das ist leicht«, flüsterte Mariluna mir zu, »das haben wir schon im Kindergarten durchgenommen!« Das Arbeitsblatt lag vor mir auf dem Tisch und starrte mich drohend an. Ich hatte das ganze Wochenende gelernt, verstand aber nur

Bahnhof, wenn ich beispielsweise die lange Textaufgabe am Schluss überflog. »Was meint sie bloß damit, wie viel Prozent bekommt der Bauer zurück, wenn er seine Kartoffeln bei der Genossenschaft verkauft, die ihm einen Rabatt von zwei Prozent gewährt, und sein Bankkonto ist noch im Haben, wenn er die Zinsen bezahlt, aber auf seinem zweiten Konto besteht ein Soll, weil er die Überziehungszinsen bezahlen musste ... Müsst ihr auch Mathearbeiten schreiben, Mariluna? Ich glaub, solche Gemeinheiten gibt es bloß auf der Erde, was?«

»Bei uns ist das anders«, antwortete meine Freundin leise, »bei uns können schon die Babys rechnen! Das liegt ihnen im Blut.«

Die Gunzenböck baute sich vor mir auf. Sie trug ihr graues Kostüm und hatte sich wieder viel zu stark geschminkt. »Führst du Selbstgespräche, Karla? Oder redest du mit deiner Nachbarin?«

»Selbstgespräche, Frau Gunzenböck«, wich ich aus.

»Dann setzt du dich besser auf meinen Platz«, erwiderte sie grimmig, »dort störst du die anderen nicht!« Sie nickte zufrieden, als ich meine Sachen packte und zu ihrem Pult vorging. »Kümmere dich um deine Arbeit, sonst gibt's eine Sechs mit Stern!«

Ich wollte mich gerade an die Lösung der ersten Aufgabe machen, als der sanfte Druck von meinen Schultern wich. Der nasse Schwamm flog durch den Raum und klatschte der Gunzenböck mitten ins Gesicht. Das schmutzige Wasser lief über ihre Wangen. Sie stand wie ein begossener Pudel im Klassenzimmer und wurde rot wie eine Pute. »Wer war das?«, schrie sie.

Betretenes Schweigen. Ich war die Einzige, die das Geheimnis des fliegenden Schwamms kannte, geriet aber selber in Verdacht. »Karla! Hast du den Schwamm geworfen?«, rief die Gunzenböck. »Steh gefälligst auf, wenn ich mit dir rede!« Sie hob den Schwamm auf und hielt ihn wie eine Trophäe vor sich. »Warst du das?«

Ich stand mit hochrotem Kopf auf und beteuerte: »Ich war's nicht, Frau Gunzenböck! Ich hab den Schwamm nicht geworfen!«

»Willst du mir etwa weismachen, es war ein Geist?«

Mariluna beschloss, noch einen draufzusetzen. Zum Glück war sie unsichtbar. Sie riss der Gunzenböck den Schwamm aus der Hand, wusch ihr kräftig das Gesicht und schleuderte ihn gegen die Wand. Das Wasser spritzte nach allen Seiten. Die Gunzenböck schrie laut um Hilfe, als der Schwamm in ihrer Handtasche landete und unsichtbare Hände nach der kleinen Gießkanne neben den Blumen griffen und das Ding drohend über die Handtasche hielten. »Nein!«, rief sie verzweifelt. »Bitte nicht!«

Meine Freundin hatte ein Einsehen und stellte die Gießkanne an ihren Platz zurück. Die Gunzenböck fiel beinahe in Ohnmacht. Sie stützte sich mit beiden Händen auf einen Tisch und sagte: »Raus mit euch! Zehn Minuten Pause, dann machen wir weiter!«

Wir schlichen aus dem Klassenzimmer und ließen die Lehrerin mit meiner unsichtbaren Freundin allein. Keiner sagte ein Wort. Alle waren sprachlos, konnten sich den Zauber nicht erklären. »Das war meine außerirdische Freundin«, klärte ich die anderen lächelnd auf. Ich erwartete nicht, dass mir jemand glaubte.

Zehn Minuten später erlebten wir die nächste Überraschung. Alle Arbeitsblätter waren ausgefüllt. Mariluna hatte der ganzen Klasse die Arbeit abgenommen und die Schriften so perfekt nachgeahmt, dass kein Lehrer der Welt etwas merkte. Der sanfte Druck kehrte auf meine Schultern zurück und ich hörte ihre flüsternde Stimme: »Ich hab ein paar Fehler eingebaut, damit niemand was merkt. Du kriegst eine Drei, die reicht doch, oder?«

Ich wagte nicht zu antworten und nickte nur. Die Gunzenböck schwieg die ganze Zeit und nickte zufrieden, als wir pünktlich unsere Arbeiten ablieferten. Ich nehme an, dass sie heute noch darüber nachdenkt, wer ihr den Streich gespielt hat. Hab ich euch schon verraten, dass ich eine Drei auf die Arbeit bekam?

Nach der Schule ging ich mit Mariluna eine Currywurst essen. Erst hundert Meter von der Imbissbude entfernt, auf einer einsamen Parkbank, wagte ich, einige Pommes nach hinten zu werfen. »He, die Dinger schmecken nicht übel«, meinte Mariluna.

»Du hast der Gunzenböck ganz schön eingeheizt«, sagte ich.

»War 'n bisschen heftig, was?«

»Kann man wohl sagen!«

Ich nahm an, dass Mariluna auf ihrem Heimatplaneten ganz anders war. Sie hatte im Fernsehen mitbekommen, was auf der Erde abging, und wollte ihren Spaß haben. Wie ein Erdling, der nach Mallorca in Urlaub fuhr und es dort ordentlich krachen ließ.

»Zeigst du mir die Stadt?«, fragte sie nach dem Essen.

Ich rief meine Mutter an und sagte ihr, dass ich später nach Hause kommen würde. »Ich geh noch mit einer Freundin spazieren.«

Sie fragte nicht, mit welcher Freundin.

Mariluna kannte unsere Erde nur aus dem Fernsehen und war überrascht, dass es bei uns auch hässliche und alte Menschen gab. In den Werbespots treten fast nur Reiche und Schöne auf. Wir fuhren mit dem Bus in die Innenstadt und gingen in ein Kaufhaus, fuhren mit der Rolltreppe in den vierten Stock hinauf. »Schade, dass ich keine Klamotten anprobieren kann«, seufzte sie, als ich in den Blusen wühlte. »Was meinst du? Ob mir so ein Ding stehen würde? Ich meine, wenn ich einen Körper hätte?«

»Bestimmt«, antwortete ich. Irgendwie war ich froh, dass es etwas gab, um das sie mich beneidete. »Leuchtet ihr zu Hause die ganze Zeit? Es ist sicher anstrengend, ein Lichtwesen zu sein!«

»Nein, das ist cool! Wir brauchen keine Rolltreppen und keine Aufzüge, als Lichtwesen kommst du überallhin!« Der

Druck auf meinen Schultern verlagerte sich. »He, da drüben ist die Spielwarenabteilung! Meinst du, ich darf mit dem Elektroauto fahren?«

»Lieber nicht«, warnte ich, aber da war Mariluna schon weg und düste in einem kleinen Jeep durch die Abteilung. Sie brauste zwischen den Beinen der Kunden hindurch, ging in eine steile Linkskurve und rammte einen großen Plüschgorilla. Erschrocken kehrte sie auf meinen Rücken zurück. »Und ich dachte, Kinder können mit der Fernbedienung umgehen«, lästerte eine Kundin.

Im Restaurant legten wir eine Kaffeepause ein. Ich spendierte ihr einen Erdbeerkuchen und fütterte sie unbemerkt. Viel zu spät erkannte ich die Prinzessin aus der Zehnten. Die Ex-Freundin meines neuen Verehrers blieb stehen und legte die Hände in die Hüften. »Ich hab gehört, du hast mir Andy ausgespannt!«, meinte sie wütend. »Dafür knall ich dir eine, du blöde Kuh!« Sie holte weit aus und hätte mich wahrscheinlich vom Stuhl gefegt, weil ich viel zu überrascht war, aber eine unsichtbare Kraft hielt sie fest und schleuderte sie zu Boden. Die Sahne von meinem Erdbeerkuchen landete in ihren lockigen Haaren. »Hilfe! Hilfe!«, schrie sie hysterisch. »Ein Geist! Mich hat ein Unsichtbarer überfallen!«

Mariluna kehrte auf meine Schultern zurück. »Sorry, dass ich deine Sahne genommen habe, aber bei uns gibt's so was nicht und ich wollte das Zeug nicht vergeuden! Gibst du mir noch was? Als Lichtwesen wirst du nicht dick, schon mal überlegt?«

Am späten Nachmittag gingen wir ins Kino. Ein Liebesfilm mit Brad Pitt. Wir schnieften um die Wette, als er seine Freundin bei einem Verkehrsunfall verlor. Mariluna fühlte wie ein Mensch, hatte ähnliche Gelüste wie ich, sie sah lediglich etwas anders aus. »Sind die anderen Wesen auf XR/ZY183-y auch so wie du?«, fragte ich, als wir das Kino verließen und mein Fahrrad holten.

Ich nahm an, dass sie den Kopf schüttelte. »Bei uns sind sie auch verschieden, nur Schön und Hässlich gibt es auf unserem Planeten nicht. Aber wir können in den tollsten Farben leuchten!«

Das zeigte mir meine Freundin, als wir nach Hause zurückkehrten und abends auf ihr Raumschiff warteten. Wir standen weit genug vom Haus entfernt, sodass meine Mutter uns nicht sehen konnte, und sie wirbelte als leuchtender Kreisel durch die Dunkelheit. Es war ein wunderschöner Anblick. Die Farben wechselten von Orange zu Dunkelrot und ich spürte eine angenehme Wärme auf meiner Haut. »Ich muss jetzt gehen«, sagte sie traurig, als ihr Raumschiff durch die Wolken tauchte und in einem grellen Lichtschein zu Boden sank, »ich wette, die Maripecka hält mich für verrückt, wenn ich meinen Aufsatz vorlese!«

Ich hätte ihren Aufsatz gern gelesen, aber bis jetzt ist Mariluna nicht zurückgekehrt. Aber wenn ihr mir nicht glaubt, könnt ihr um kurz nach Mitternacht zum Himmel sehen. Der orangefarbene Fleck neben dem Mond, das ist ihr Raumschiff. Sie fliegt jeden Abend um diese Zeit dort vorbei, damit ich ihr zuwinken kann. Sie kann mich nicht sehen, aber das ist mir egal. Irgendwann kommt sie wieder und dann fliege ich mit ihr nach XR/ZY183-y und schreibe den Aufsatz:

Meine Freundin vom anderen Stern

Jana Frey

Zoe und Emma

Der Sommer war schon so gut wie vorbei, als Emma in unsere Stadt kam. In unsere Stadt und in unsere Klasse. Es war in der ersten Woche des neuen Schuljahres. Das Wetter war merkwürdig in diesem Jahr, einen derartig heißen Sommer hatte es, solange ich zurückdenken kann, noch nie gegeben. Wochenlang brannte glühend heiß und gnadenlos die Sonne vom wolkenlosen Sommerhimmel herunter, und obwohl sich alle Menschen nach einem kühlenden Regenguss sehnten, regnete es geschlagene sechs Wochen lang kein einziges Mal.

Die Bäume der Stadt litten mit den schwitzenden Menschen um die Wette. Ihre Blätter welkten bereits erschöpft vor sich hin und verfärbten sich herbstbunt, obwohl es noch nicht einmal September war.

Und dann, eines Tages, war der Sommer schlagartig zu Ende. Sozusagen über Nacht war es Herbst geworden, es goss in Strömen und alle Sommerhitze floss davon und versickerte in den ausgedörrten Wiesen.

Und an diesem Tag kam Emma.

»Guten Morgen«, rief sie, nachdem sie ohne anzuklopfen zur Tür hereinmarschiert war und schwungvoll die Klassentür hinter sich zufallen ließ.

»Guten Morgen«, antwortete ihr Frau Sinapius, unsere Klassenlehrerin, wenig begeistert. »Ich nehme an, du bist die neue Schülerin, die eigentlich schon vor vier Tagen hätte erscheinen sollen ...«

Frau Sinapius schaute die Neue ärgerlich an.

Das Mädchen nickte und schüttelte sorgfältig ihre langen, regennassen Haare aus.

»Tut mir Leid, dass ich erst heute komme«, erklärte sie dann und ließ ihren Rucksack auf die Erde plumpsen. »Aber Winnie Puh hatte Windpocken und brauchte mich ...«

Wir warfen uns viel sagende Blicke zu.

»Diese Neue sieht aus wie eine schmuddelige, nass geregnete Hexe«, flüsterte mir meine Sitznachbarin Vanessa entsetzt zu.

Ich nickte.

»Wo soll ich sitzen?«, fragte das fremde Mädchen.

Frau Sinapius schaute sich unschlüssig in der Klasse um. »Man muss einen zusätzlichen Tisch holen«, sagte sie schließlich missmutig und schickte Tommi und Benedikt zum Hausmeister.

Das fremde Mädchen, das aussah wie eine Hexe, lächelte in die Runde, setzte sich abwartend auf das breite Fenstersims und baumelte mit den Beinen.

»Ich heiße Emma«, verkündete sie freundlich und kramte einen Apfel aus ihrem abgewetzten Rucksack hervor.

Vanessa kniff mich beeindruckt in den Arm. »Was für ein beknackter Name«, flüsterte sie angewidert. Die 8a kicherte, denn Vanessa hatte ziemlich laut geflüstert.

Dann kam Emmas Tisch und Frau Sinapius gab Emma durch einen ungeduldigen Wink mit der Hand zu verstehen, dass sie sich setzen solle.

Emma nickte und wanderte lächelnd zu ihrem neuen Platz, gleich neben der Tür.

»Sie passt einfach nicht zu uns«, erklärte Vanessa in der ersten großen Pause empört. Wir nickten alle, aber das tun wir sowieso immer, wenn Vanessa etwas sagt, denn sie gibt in unserer Klasse schon von jeher den Ton an.

»Und sie sieht einfach grässlich aus«, fuhr Vanessa mit kalter Stimme fort und musterte kopfschüttelnd das neue Mädchen, das ganz alleine für sich auf dem Hof stand und die sommersprossige Nase in ein dickes Buch gesteckt hatte.

Und so sah Emma aus: Ihre Haare waren feuerrot, sehr lang und vor allen Dingen sehr wild und zottelig. Emmas Augen waren sommerwaldgrün und ihr ganzes Gesicht voller goldsprenkeliger Sommersprossen.

Aber das Verrückteste an Emma waren ihre Kleider: sie steckte an diesem ersten Schultag an unserer Schule tatsächlich in einem altmodischen rosa Spitzenkleid. Über diesem Wahnsinnsteil trug sie eine rote, unförmige und sehr ausgebeulte alte Jacke. Und ihre Füße steckten in verrückten, braunen Stiefeln, durch deren Schnürsenkelösen Emma rosarote Glitzersamtbänder gezogen hatte.

Plötzlich holte Vanessa tief Luft und marschierte dann wie ein wütender Racheengel auf Emma zu. Wir folgten ihr natürlich und gleich darauf bildeten wir einen ziemlich engen Kreis um die Neue. Einen Kreis aller Mädchen der 8a.

»Warum hast du so einen bescheuerten Namen? Wo kommst du überhaupt her? Warum hast du so alberne Sachen an? Was ist dein Vater von Beruf?«, fragte Vanessa angriffslustig und mit eisiger Stimme, kaum dass wir Emma erreicht hatten.

Emma lächelte und hielt Vanessas bösem Blick stand.

»Ziemlich viele Fragen stellst du«, sagte sie schließlich langsam.

Vanessa kniff die Augen zusammen.

»Los, antworte!«, zischte sie streng.

»Also gut«, antwortete Emma freundlich. »Ich heiße Emma, weil meine Mutter Jane Austen liebt und *Emma* ihr Lieblingsbuch ist. Ich komme aus München und meine Kleider gefallen mir. Ich pfeife nämlich auf die dämliche Mode und ziehe an, was mir Spaß macht ...«

»Pah ...«, murmelte Vanessa giftig.

»Und mein Vater ist Fernfahrer«, fuhr Emma kühl fort. »Im Augenblick ist er irgendwo in Italien unterwegs. – Bist du jetzt zufrieden?«

Vanessa schaute Emma an und Emma schaute Vanessa an. Einen Augenblick lang war es ganz still, dann strich sich Vanessa sorgfältig ihre blonden Ringellocken aus der Stirn, runzelte verächtlich die Stirn und wandte Emma den Rücken zu. Wir gingen davon, ohne Emma noch einmal anzusehen.

»Und meine Mutter arbeitet in der Reinigung am Rathausplatz«, rief Emma uns hinterher. »Außerdem habe ich noch eine Menge Geschwister ... Habt ihr eure Neugierde jetzt gestillt?«

Das hatten wir.

»Sie kommt tatsächlich aus einer bettelarmen Arbeiterfamilie!«, rief Vanessa, als wir außer Hörweite waren. »Wie peinlich für sie ...«

Wir nickten.

»Mit der wollen wir nichts zu tun haben«, beschloss Vanessa mit eisiger Stimme.

Wir nickten wieder und ließen Emma von diesem Tag an links liegen.

Ich heiße Zoe und ich bin mit Vanessa befreundet, solange ich zurückdenken kann. Es liegt an unseren Vätern, sie sind beide Ärzte und haben vor vielen Jahren zusammen studiert. Meine Mutter ist ebenfalls Ärztin und meine Eltern sind sehr viel unterwegs. Sie arbeiten in der Forschung und verreisen ziemlich häufig.

Im vergangenen Sommer, als Emma in unsere Klasse kam, waren meine Eltern gerade in Asien. Zuerst war nur mein Vater nach Japan gereist. »Ich treffe dort einen wichtigen Kollegen«, erklärte er mir eilig und fuhr zum Flughafen.

Zwei Tage später verreiste meine Mutter. »In Tokio ist ein wichtiger Ärztekongress«, erklärte sie mir. »Frau Kowalsky wird sich um dich kümmern, Zoe.«

Frau Kowalsky ist unsere Haushälterin.

Aber als ich mittags heimkam, hatte Frau Kowalsky kein Mittagessen gekocht, die Küche war leer und kalt und unsere Haushälterin war eben dabei, ihre Koffer zu packen. »Ich muss sofort nach Hause fahren, Zoe«, erklärte sie mir hastig. »Meine Mutter ist heute früh gestürzt und hat sich das Bein gebrochen.«

»Und was wird aus mir?«, erkundigte ich mich vorsichtig.

»Vielleicht kann dein Onkel Bernhard ...?«

Ich schüttelte den Kopf. »Der ist doch zurzeit in Amerika.«

»Und deine Oma?«, schlug Frau Kowalsky nervös vor und schloss eilig ihren gepackten Koffer.

Ich schüttelte den Kopf. »Die ist doch immer noch auf Mallorca.«

Frau Kowalsky seufzte. »Was ist mit deiner Freundin Vanessa?«, fragte sie schließlich. »Da bist du doch schon ein paar Mal untergekommen, wenn sonst keiner Zeit für dich hatte?«

Ich zuckte niedergeschlagen mit den Achseln und nickte.

Und dann packte ich meine Sachen und zog zu Vanessa.

»Bist du etwa schon wieder übrig geblieben?«, fragte Vanessa wenig begeistert, als ich nachmittags an der verschnörkelten Tür ihres riesigen Hauses klingelte.

Ich nickte.

»Na gut, dann komm schon rein«, murmelte sie. »Warum musst du den da eigentlich immer mitbringen?«, fügte sie missbilligend hinzu und zeigte auf Methellus Zimber.

Methellus Zimber ist mein Kater, der Einzige, der mich wirklich nie alleine lässt. Ich habe ihn schon jahrelang, er ist ein uralter Kater, früher hat er einmal meiner anderen Oma gehört, aber sie hat ihn mir vererbt, als sie starb.

»Wo soll ich ihn denn lassen?«, fragte ich leise.

»Es gibt doch Katzenpensionen, Zoe«, rief Vanessa ungeduldig. »Nun komm schon, ich will zum Tennis ...«

Was blieb mir anderes übrig? Ich setzte Methellus Zimber sanft in Vanessas Zimmer ab und verstaute meine übrigen Sachen.

»Schlaf schön, Kater«, murmelte ich und ging mit Vanessa zum Tennisspielen.

Natürlich war es nicht nur Vanessas Schuld, dass ich mich in den folgenden Tagen so merkwürdig überflüssig fühlte. Zuerst dachte ich, es wäre nur dieser tiefgraue Herbst, der mich so traurig machte. Es regnete tagelang und Vanessa und ich vertrieben uns die Nachmittage im Squash-Center und in der Sauna. Abends schauten wir Videos oder surften an Vanessas Computer im Internet durch die Modewelt.

»Was ist heute bloß mit deinem altersschwachen Kater los?«, fragte Vanessa eines Tages gereizt.

»Ich weiß es auch nicht«, murmelte ich besorgt und beobachtete Methellus Zimber, der schwankend durch Vanessas Zimmer schlich und kläglich maunzte.

Vor dem Fenster heulte ein wilder Herbststurm und rüttelte, mindestens ebenso gereizt wie Vanessa, an den Fensterläden.

»Vielleicht ist er krank ...«, murmelte ich ängstlich.

Vanessa zuckte mit den Achseln. »Ach was, wahrscheinlich will er sich bloß wichtig machen ...«

»Glaubst du, wir können deine Mutter fragen, ob sie uns zu einem Tierarzt fährt?«

Vanessa schüttelte den Kopf. »Das geht nicht, meine Mutter hat Besuch.«

»Ach so.«

»Lass uns mein neues Modejournal angucken«, schlug Vanessa vor. »Es sind ziemlich tolle Klamotten drin.«

Ich schüttelte den Kopf. »Vanessa, ich habe Angst um meinen Methellus«, sagte ich eindringlich.

»Ach, der wird schon wieder«, antwortete Vanessa achselzuckend und blätterte bereits in ihrer neuen Modezeitung.

Da sprang ich auf. »Du bist vielleicht gemein!«, rief ich wütend. »Begreifst du nicht, dass ich mir Sorgen mache?«

Vanessa schaute nicht mal hoch. »Diese Bluse könnte ich brauchen«, murmelte sie bloß und blätterte weiter. »Und diese Hose dazu – was meinst du, Zoe?«

Ich starrte meine Freundin fassungslos an. Und dann schnappte ich mir meinen kranken Kater und lief davon.

Es wurde ein weiter und sehr nasser Weg bis zum Tierarzt. Methellus Zimber hockte maunzend unter meiner nass geregneten Jacke und ich stapfte traurig wegen Vanessa und besorgt wegen Methellus durch die nassen, grauen Straßen. Zweimal nahm ich auch einen Bus, aber als ich die Praxis schließlich erreichte, war es trotzdem schon ganz und gar dunkel. Ich stolperte erschöpft ins Behandlungszimmer.

»Gut, dass du heute noch gekommen bist«, sagte der Tierarzt, nachdem er Methellus gründlich untersucht hatte. »Der arme Kerl hat einen Darmverschluss. Ich muss ihn operieren – morgen wäre es vielleicht schon zu spät.«

In meinem Kopf drehte sich alles. Würde meine Katze diesen grässlichen Tag überleben? Wie sollte ich das schlafende Tier nach Hause schaffen und wo konnten wir beide überhaupt hin?

»Dein Kater wird heute Nacht hier bleiben«, entschied da der Tierarzt zum Glück. »Morgen Nachmittag kannst du vorbeikommen. Und wenn alles gut gegangen ist, kannst du ihn dann mitnehmen ...«

Ich nickte.

»Und jetzt ab nach Hause mit dir«, drängte mich der Arzt. »Du bist ja völlig durchnässt.«

Dann stand ich wieder im Regen. Ich dachte an meine Eltern in Tokio, an meinen Onkel in Amerika, an meine Oma auf Mallorca und sogar an Frau Kowalsky. Warum waren sie nur alle nicht hier?

Dann dachte ich an meine Freundin Vanessa und da begann ich zu weinen. Ich fühlte mich sehr alleine und verlassen.

Plötzlich stieß etwas gegen mein Gesicht.

»Au!«, rief ich erschrocken und hielt mir die Nase. Ein harter Metallgegenstand war gegen sie geprallt.

»Winnie Puh, kannst du nicht aufpassen?«, rief im nächsten Augenblick eine Stimme, die mir bekannt vorkam.

»Emma?«, rief ich überrascht.

»Zoe!«, rief Emma und lachte leise.

Wir schauten uns an.

»Du bist ja klatschnass«, sagte Emma schließlich.

Ich nickte.

»Und deine Nase blutet«, fuhr Emma verlegen fort. »Das war Winnie mit seinem neuen Schirm ...«

»Wer ist Winnie?«, fragte ich verwirrt.

»Ich bin Winnie«, sagte da eine winzige Gestalt neben Emma und reckte sich stolz. »Und mein Schirm blutet bestimmt auch«, fügte er gleich darauf besorgt hinzu und streichelte fürsorglich die Spitze eines kleinen, kunterbunten Kinderregenschirms.

»Er ist mein Bruder«, erklärte Emma, aber diese Erklärung wäre nicht weiter nötig gewesen, wenn man sich den winzigen, rothaarigen, sommersprossigen Kerl an Emmas Seite näher betrachtete.

Ich lächelte matt.

»Was machst du denn hier?«, fragte Emma verwundert. »Ich meine – du wohnst doch sicherlich in einer – feineren Gegend und nicht hier?«

»Ich ... mein Kater ... unser Tierarzt«, stotterte ich verlegen.

Ich dachte an Vanessa, die entschieden hatte, dass wir nicht mit Emma reden sollten, dass wir im Gegenteil so tun sollten, als wäre Emma nichts weiter als pure Luft.

»Willst du vielleicht mit zu mir hochkommen?«, fragte Emma in diesem Moment vorsichtig.

Ich schaute in Emmas sommersprossiges Gesicht und guckte ihr geradewegs in ihre sommerwaldgrünen Augen, die mich freundlich anblinzelten.

»Warum bist du so nett zu mir, wo wir doch so ... so grässlich zu dir gewesen sind?«, fragte ich leise.

»Emma ist immer nett!«, verkündete Winnie stolz. »Sie kann gar nicht ...« Er suchte nach dem richtigen Wort. »Sie kann gar nicht unnett sein!«, rief er dann stolz.

Emma lächelte. »Wie auch immer«, sagte sie. »Willst du mit hochkommen, wir wohnen gleich hier um die Ecke?«

Da nickte ich entschlossen und wir machten uns zusammen auf den Weg.

Vanessa hätte mit Sicherheit der Schlag getroffen, wenn sie das Haus und die Wohnung gesehen hätte.

»Das ist Zoe, sie geht in meine neue Klasse«, erklärte Emma ihrer Mutter, die neugierig den Kopf aus der Wohnzimmertür streckte, kaum dass wir zur Wohnungstür hereingekommen waren. In der Hand hielt sie ein aufgeschlagenes Buch.

»Schön, dich kennen zu lernen«, sagte Emmas Mutter vergnügt, legte das Buch zur Seite und gab mir die Hand. »Wollt ihr vielleicht Zimtwaffeln haben?«

Emma schaute mich an. »Willst du?«

»Gerne«, murmelte ich.

»Prima«, rief Emmas Mutter und kramte in einem sehr voll gestopften Küchenschrank nach dem Waffeleisen.

»Komm, ich stelle dir inzwischen meine Geschwister vor«, sagte Emma. Wir wanderten nebeneinander durch die enge, voll gestopfte Wohnung.

»Winnie, den Wilden kennst du ja schon«, sagte Emma grinsend und steckte ihren winzigen Bruder nebenher in eine frische Windel. »Er ist gerade erst zwei«, erklärte sie dabei.

»Er ist erst zwei?«, rief ich überrascht.

»Ich kann aber schon ziemlich gut reden«, sagte Winnie stolz und fuchtelte mir schon wieder mit seinem Kinderregenschirm vor der Nase herum. Ich brachte mich eilig in Sicherheit vor diesem merkwürdigen Kind.

»Das ist Robinson«, sagte Emma und zeigte auf einen anderen kleinen Jungen. »Und dies ist Alice. Und das ist Maxim ...«

»Hallo«, sagte Maxim und grinste mir zu.

Und Maxim war mit Sicherheit der hübscheste Junge, den ich je in meinem bisherigen Leben zu Gesicht bekommen hatte. Wäre er nicht ebenso merkwürdig gekleidet gewesen wie seine jüngere Schwester Emma, hätte er bestimmt sogar Vanessa gefallen.

Maxim schüttelte mir die Hand. »Nett, dass ich mal eine von euch kennen lerne«, sagte er und runzelte für einen Moment lang die Stirn. »Emma hat mir nämlich erzählt, dass sie sich ziemlich einsam fühlt in eurer Klasse ...«

Mir wurde ganz kalt im Bauch vor Verlegenheit, aber Emma lachte nur.

Und dann futterten wir alle zusammen, Emma, Maxim, Winnie, Robinson, Alice, ich und Emmas Mutter, einen wirklich riesengroßen Berg Zimtwaffeln.

Mitten im größten Tumult flog mit einem lauten Krach die Wohnungstür auf und ein riesiger, rothaariger Mann stampfte in die Wohnung.

»Papa ist zurück!«, rief Winnie und kletterte wie ein winziger Affe an dem großen Fernfahrer hoch.

»Da bin ich wieder!«, rief Emmas Vater heiter und küsste zuerst seine Frau und dann alle seine Kinder. Sogar Maxim und Emma bekamen einen Kuss.

Mir wurde es ganz merkwürdig zu Mute, als ich Emmas Familie beobachtete. Ich fühlte mich inmitten dieses ganzen Lärmes plötzlich sehr einsam und alleine.

Ich dachte an meine Eltern, die niemals so einen Krach veranstalteten, wenn wir ausnahmsweise einmal zusammen waren. Waffeln aßen wir auch nicht, so etwas war meiner Mutter viel zu zeitaufwendig und unordentlich, und küssen taten wir uns, außer an Silvester, auch so gut wie niemals.

Meine Gedanken wanderten weiter bis zu Methellus Zimber, meinem alten, kranken Kater. Ob er überhaupt noch am Leben war?

»Emma«, fragte ich leise. »Können wir irgendwo alleine sein?«

»Ja«, sagte Emma sofort. »Komm mit.«

Und dann wanderten wir hinauf auf den Dachboden und setzten uns dort vorsichtig auf zwei staubige Stapel grauer Kisten.

»Nur hier oben kann man richtig alleine sein«, erklärte Emma. »Ich weiß, es ist ein bisschen schmutzig, aber etwas anderes kann ich dir nicht bieten.« Sie grinste. »Bei uns ist es eben immer sehr voll, das hast du ja gesehen.«

Ich nickte.

»Wie ist es bei dir zu Hause?«, fragte Emma neugierig.

Ich schluckte und schloss die Augen.

»Bei mir zu Hause ist es grässlich«, sagte ich leise. »Wir

haben zwar ein riesiges Haus und somit jede Menge Platz, aber es ist trotzdem grässlich.«

Emma saß stumm da, und als ich meine Augen wieder öffnete, schaute sie mich sanft an.

»Ich bin ziemlich oft ziemlich alleine, weißt du«, sagte ich mit wackeliger Stimme und dann verschwamm mir alles vor den Augen. Ich weinte und weinte und weinte.

Und dann erzählte ich Emma von meinen Eltern, die fast nie zu Hause waren, und von Methellus Zimber, meinem kranken Kater.

Emma hörte mir zu und sie verstand meine Angst um ihn sofort.

»Wie es aussieht, ist er ja der Einzige, den du immer bei dir hast«, sagte sie nachdenklich und da legte ich meinen Kopf an ihre Schulter und weinte noch mehr.

»Siehst du, Emma ist immer nett«, piepste da plötzlich ein triumphierendes Stimmchen.

Da lächelten Emma und ich uns zu und gingen wieder hinunter in die laute, vergnügte Wohnung.

»Willst du heute Nacht bei Emma schlafen?«, fragte Emmas Vater ein bisschen später, als die Kleinen endlich alle im Bett waren und nur noch Maxim, Emma und ich im Wohnzimmer saßen.

»Gerne«, sagte ich erleichtert.

»Aber du musst das Bett mit Emma teilen«, sagte Emmas Mutter entschuldigend. »Wir haben es leider ziemlich eng hier.«

Ich nickte und lächelte Emma zu. »Ich finde es wunderschön bei euch«, sagte ich seufzend und fand es auch so.

Mit klopfendem Herzen ging ich schließlich zum Telefon und rief bei Vanessa an.

»Wo steckst du denn?«, fragte Vanessa ärgerlich. »Meine Mutter hat sich schon Sorgen gemacht.«

»Ich bin bei Emma«, sagte ich.

»Was willst du denn bei dieser Ziege?«, fragte Vanessa missbilligend.

»Ich schlafe heute bei ihr, Vanessa!«, antwortete ich kühl.

»Zoe, du spinnst wohl?«, zischte Vanessa.

Und da tat ich etwas, was ich mich früher nie getraut hätte: Ich legte einfach den Telefonhörer auf.

»Jetzt ist sie sicher ziemlich wütend auf dich«, sagte Emma.

Ich lächelte Emma zu. »Und wenn schon«, sagte ich und fühlte mich plötzlich ganz leicht.

Am anderen Morgen gingen Emma und ich zusammen zur Schule.

»Guten Morgen«, sagten wir gemeinsam, als wir in die Klasse marschierten. Wir lächelten uns zu und setzten uns nebeneinander an Emmas Tisch.

»Das gibt es doch nicht ...«, murmelte Vanessa und wurde rot im Gesicht vor Wut. Aber ich kümmerte mich einfach nicht um sie. Und in der ersten großen Pause umringten uns die anderen. Es war, als habe Emma einen ganz neuen Wind in unsere Klasse gebracht. Und es war nicht zu übersehen: Vanessas Herrscherzeit war endgültig vorbei. Ziemlich verwirrt und sehr, sehr wütend verzog sie sich für den Rest der Pause in die Schulcafeteria.

Emma schaute ihr besorgt hinterher.

»Mach dir keine Sorgen um sie«, sagte ich leise. »Sie wird sich mit der Zeit schon daran gewöhnen, nicht mehr alles alleine bestimmen zu können ...«

Am Nachmittag saßen Emma und ich am Fluss und ich starrte stumm in das dunkle, eilig vorbeiziehende Wasser.

»Du hast Angst um deinen Kater, was?«, fragte Emma schließlich.

Ich nickte. »Um drei Uhr soll ich vorbeikommen, dann werde ich sehen, ob er noch ...«

Ich schaute auf die Uhr und schwieg wieder.

»Ich hätte auch gerne ein Haustier«, sagte Emma und legte ihren Arm um meine Schulter. Ihre weichen, roten Locken kitzelten mein kaltes Gesicht. »Aber meine Eltern wollen kein Tier im Haus.«

»Aber dafür hast du Maxim und Winnie und Robinson und Alice«, erinnerte ich sie seufzend.

Dann schwiegen wir wieder.

»Wenn meine Eltern aus Tokio zurückkommen, schicke ich sie mal bei euch vorbei«, sagte ich nach einer kleinen Weile entschlossen. »Damit sie mal sehen, wie schön es bei euch ist.«

Emma kicherte. »Klar, mach das«, sagte sie vergnügt.

Wir lächelten uns zu.

»Aber eins darfst du nie vergessen«, sagte Emma und legte ihre Stirn gegen meine Stirn. »Von jetzt an kannst du immer zu mir kommen, wenn du dich einsam fühlst ...«

»Danke, Emma«, sagte ich leise.

»Ach was, da brauchst du dich doch nicht zu bedanken«, lachte Emma. »Schließlich sind wir doch Freundinnen!«

Plötzlich hörten wir durch den Wind hindurch eine Stimme, die nach uns rief.

»Emma, Zoe!«

»Das ist Maxim!«, rief Emma und sprang auf.

Wir liefen los, und als wir Maxim erreichten, lächelte Emmas kunterbunter Bruder uns vergnügt zu und öffnete einen winzigen Spaltbreit seine dicke Jacke.

»Methellus Zimber!«, rief ich überwältigt.

»Ich habe ihn für dich abgeholt«, sagte Maxim. »Er ist wieder so gut wie in Ordnung.«

Und dann bugsierten wir Methellus Zimber aus Maxims Jacke in meine Jacke. Der Kater maunzte erfreut und kuschelte sich eng an mich.

Und dann gingen wir zusammen nach Hause.

Zu Emma nach Hause.

Barbara Veit

DAGMAR IST ANDERS

Immer wieder muss ich an sie denken, obwohl sie seit dreißig Jahren aus meinem Leben verschwunden ist. Ich habe sie verloren, vielleicht lebt sie nicht mehr. Der Gedanke erschreckt mich, denn ich wünsche so sehr, dass es ihr gut geht. Doch keine Nachforschung hat sie auffinden können, nicht die Meldebehörden, nicht die Polizei. Dagmar ist die einzige meiner ehemaligen Klassenkameraden, die nicht mehr da ist. Ein Mensch kann doch nicht einfach verschwinden!

Vielleicht nicht jeder Mensch – Dagmar schon. Sie war immer anders, auch damals, als wir allmählich Freundinnen wurden. Ich kam neu in die Klasse des Hamburger Gymnasiums und musste mich erst an meine Mitschüler und Mitschülerinnen herantasten. Alles war neu für mich, die Stadt, die Schule, die Lehrer und Schüler. Ich fühlte mich als Außenseiterin, zugezogen aus Bayern. Ich sprach den falschen Dialekt, fühlte mich ganz fremd. Manchmal lachten alle, wenn ich im Unterricht eine Frage beantwortete – einfach, weil ich ein wenig Bayrisch sprach.

Eine lachte nie über mich: Und das war Dagmar! Die anderen nannten sie Daggi, aber das passte nicht zu ihr. Ich war vierzehn, als ich Dagmar kennen lernte, und ich kann mich ganz genau daran erinnern, was ich damals dachte. Ich dachte: Sie sieht alt aus! Sie kann nicht in meine Klasse gehören. Irgendwas stimmt nicht mit ihr!

Dagmar war groß, trug ihr Haar hoch gesteckt wie eine Erwachsene. Auf mich machte sie den Eindruck, als sei sie mindestens vierzig. Aber sie war nicht vierzig, sondern vierzehn, genau wie ich. Ihre Haut war fleckig und sah ungesund aus. Später fand ich heraus, dass sie an Schuppenflechte litt. Doch nicht nur ihr Aussehen machte sie alt, auch ihre Art. Sie beantwortete die Fragen der Lehrer immer sehr umständlich, war langsam. Zu Beginn dachte ich, dass sie einfach ein bisschen doof sei und vor allem entsetzlich kompliziert. Als Dagmar mich eines Nachmittags zu Hause anrief und sich mit mir treffen wollte, reagierte ich geradezu entsetzt! Wieso rief ausgerechnet sie mich an? Die merkwürdigste meiner Mitschülerinnen – von den Jungs ganz zu schweigen.

Aber weil keine und keiner der anderen mich bis dahin angerufen hatte, ließ ich mich widerwillig von ihr einladen. Sie wohnte drei U-Bahn-Stationen von mir entfernt in einem Vorort von Hamburg. Meine Füße schienen zu widerstreben, als ich mich auf die Suche nach der Straße machte, in der Dagmar wohnte. Das Haus von Dagmars Eltern war ganz neu, rundherum lagen Erdhügel, der Garten war noch nicht angelegt. Eine Weile blieb ich unentschlossen vor dem Haus stehen. Sollte ich wirklich klingeln?

Ich hatte es versprochen! Also ging ich schließlich zur Haustür und drückte auf den Klingelknopf. Dagmar öffnete so schnell, als hätte sie neben der Tür auf mich gewartet. Sie lächelte und bat mich herein. Wieder fiel mir auf, dass sie viel älter aussah, als sie wirklich war. Auch ihre Kleidung wirkte altmodisch und fast unbequem. Sie trug eine Art Kostüm mit engem Rock und einen Seidenschal um den Hals. Ich dagegen hatte schwarze Cordjeans an, einen dunkelgrauen Rippenpullover und einen schwarzen Wollschal. Dieser Aufzug war damals, zu Beginn der sechziger Jahre »in«. Dagmars Kleidung war eindeutig »out«.

Dagmar war allein zu Haus. Ihre Eltern arbeiteten beide in der Praxis des Vaters – er war Augenarzt, die Mutter seine Assistentin. Dagmar führte mich durch das Haus, als gehörte es ihr. Ich sah die Küche, das Wohnzimmer, das Bad, stieg hinter ihr in den ersten Stock zum Schlafzimmer der Eltern, zum Arbeitszimmer, zum Gästezimmer und schließlich unter das Dach in Dagmars Reich.

All die Zimmer interessierten mich eigentlich nicht. Nur eines fiel mir auf: Obwohl das Haus offensichtlich erst vor kurzem bezogen worden war, wirkten die meisten Räume irgendwie verstaubt und altmodisch. Die Möbel waren dunkel und offensichtlich aus einem anderen Jahrhundert. Irgendwie kam mir das Haus vor wie ein Antiquitätenladen.

Als aber Dagmar die Tür zu ihrem Zimmer öffnete, blieb ich verblüfft stehen. Noch nie hatte ich ein ähnliches Zimmer gesehen ... Die Wände waren schräg und liefen unter dem Dachfirst zusammen. Seltsame Tierbilder bedeckten sie, Fabeltiere, Einhörner und Sterne, die kreisförmig strahlten. Ein großes Bett stand in der Mitte des Zimmers, verborgen unter einer nachtblauen Decke mit Sternenmuster. In einer Ecke lehnte eine Staffelei, auf der ein halb fertiges Gemälde hing: Wieder nachtblauer Himmel mit Sternen, die Lichtkreise auszusenden schienen.

»Hast du das gemalt?«, fragte ich und wies auf das Bild, weil mir nichts anderes einfiel. Ich war irgendwie ganz verlegen, hatte das Gefühl, dass ich kein Recht hatte, in dieses Zimmer einzutreten. Dieser Raum war so sonderbar. Mir kam es vor, als könnte ich plötzlich Dagmars Träume und Gedanken sehen. Ja, es war fast so, als würde sich jemand vor mir nackt ausziehen. Nein, nicht jemand, sondern Dagmar! Ich glaube, dass ich damals sogar rot geworden bin, jedenfalls wurde mir ziemlich heiß.

»Ja«, sagte Dagmar und lächelte ebenfalls verlegen. »Das habe ich gemalt. Ich hab auch die Wände bemalt.«

»Oh«, machte ich und kam mir blöde vor. Vorsichtig warf ich einen Blick auf die Fabelwesen an den schrägen Wänden. Manche sahen ganz niedlich aus, doch einige waren richtige Ungeheuer mit Glutaugen.

»Kriegst du keine Albträume, wenn dich die Dinger nachts anstarren?«, fragte ich und versuchte zu lachen.

Mein Lachen klang falsch, denn ich fand die Ungeheuer an den Wänden überhaupt nicht komisch. Ich jedenfalls hätte in diesem Zimmer nie und nimmer schlafen können.

»Doch!«, antwortete Dagmar ganz einfach und diesmal lächelte sie nicht. »Ich habe ziemlich viele Albträume. Aber das kommt nicht von den Bildern. Ich hab an die Wände gemalt, was ich träume. Dann kann ich es mir genau ansehen und es ist nicht mehr so schlimm.«

Ich starrte Dagmar an.

»Träumst du wirklich von solchen Ungeheuern?«, fragte ich ungläubig.

Sie nickte und senkte den Kopf. »Manchmal sehe ich sie sogar, wenn ich wach liege«, antwortete sie leise und setzte sich auf das Bett. »Vielleicht hältst du mich für verrückt, aber ich kann wirklich ganz seltsame Dinge sehen, wenn ich allein bin. Es passiert aber nur, wenn ich die Sterne anschaue.«

Ich wusste nicht, was ich darauf antworten konnte. Sterne schaute ich hin und wieder bei einem Abendspaziergang an oder wenn ich nachts noch mal auf den Balkon ging. Ich liebte die Sterne, aber ich jedenfalls sah nie irgendwelche Ungeheuer. Die Sterne gaben mir nur das Gefühl, als könnte ich wegfliegen und im unendlichen Raum herumschweben. Dann wurde mir manchmal schwindelig und ich lief schnell ins Zimmer zurück.

Dagmar schaute zur Decke ihres Zimmers hinauf und meine Augen folgten ihrem Blick. Da oben, genau über ihrem Bett, war ein riesiges Fenster. Augenblicklich wurde mir klar, dass sie jede Nacht die Sterne sehen konnte, jedenfalls wenn der Himmel klar war.

»Schaust du oft die Sterne an?«, fragte ich endlich, denn die Pause in unserem Gespräch war inzwischen ziemlich lang geworden. Lange Pausen können peinlich werden, wenn man nicht mehr weiß, was man eigentlich sagen soll. Meine Großmutter sagte dann immer: Jetzt geht ein Engel durch den Raum. Aber das fand ich auch komisch, denn wieso sollte ein Engel durch den Raum gehen, wenn man nichts zu sagen hatte? Meine Mutter begann in ähnlichen Situationen nervös zu lachen, mein Vater räusperte sich mehrmals und ich schaute einfach meine Schuhe an. Meine Schuhe sagten mir zwar auch nicht, was ich denn jetzt sagen könnte, doch wenn ich sie anschaute, dann musste ich wenigstens nicht die Person ansehen, die neben mir stand, saß oder ging.

Eine gute Lösung für diese grausige Lage ist, dass man aufs Klo geht oder dringend jemanden anrufen muss. Man kann auch Tee zubereiten – das tat meine Mutter meistens, wenn sie nervös gelacht hat. Manche Leute machen auch Kaffee. Aber das funktioniert natürlich nur, wenn man zu Hause ist.

Ich jedenfalls konnte nicht einfach Tee kochen gehen, als ich in Dagmars Zimmer stand, und ich wollte auch nicht fragen, wo das Klo sei. Dagmar aber schienen die Pausen nicht besonders zu stören. Sie lächelte vor sich hin und schaute zu dem Dachfenster hinauf. Und nach einer schier endlosen Pause, nachdem mindestens zehn Engel durchs Zimmer gegangen waren, nickte sie und meinte, dass sie ziemlich oft die Sterne anschaue oder die Wolken in einer Sturmnacht (in Hamburg gibt es ziemlich häufig stürmische Nächte).

Ich sah sie an und dachte wieder, dass sie irgendwie merkwürdig sei. Vielleicht nicht ganz normal? Ich war wirklich blöd gewesen, dass ich ihre Einladung angenommen hatte. Was sollte ich mit einer Klassenkameradin, die Ungeheuer am Himmel sah und so einen Quatsch! Ich hörte nachts die Hitparade von Radio Luxemburg mit Kopfhörern unter der Bettdecke. Wir hatten nämlich damals keinen Fernseher und Radio Luxemburg war der einzige Sender, der ununterbrochen die Musik für junge Leute ausstrahlte – die Beatles, die Rolling Stones, die Beach Boys, die Bee Gees, Simon und Garfunkel ... Dagmar hörte sicher nie Radio Luxemburg, sie war langweilig, alt, verrückt und überhaupt wollte ich sofort weg!

Wie gut, dass Menschen nicht in die Köpfe der anderen schauen können, dass sie nicht Gedanken lesen können, dachte ich, denn ich kam mir gleichzeitig auch mies vor. Schließlich vertraute Dagmar mir irgendwie, sonst hätte sie mir dieses verrückte Zimmer nicht gezeigt. Aber ich wollte gar nicht, dass sie mir vertraute! Sie hatte mich ohne Vorwarnung in diese eklige Lage gebracht! Peng! Hier sind meine Ungeheuer! Schau sie dir an!

Verzweifelt überlegte ich, was ich denn als Nächstes sagen könnte. Wieder betrachtete ich die krallenbewehrten, riesenäugigen Monster an, die von den Wänden und Bildern grinsten. Erst jetzt sah ich, dass es zwischen den Ungeheuern auch andere Gestalten gab – engelgleiche Wesen mit Flügeln, kleiner als die Monster. Und die Sterne mit ihren Strahlenkreisen waren eigentlich wunderschön. Es gab auch dunkle Sturmwolken, hinter denen Mondlicht hervorschien ...

»Hast du das hier auch den anderen gezeigt?«, fragte ich langsam. »Ich meine, unseren Klassenkameraden?«

Dagmar senkte den Kopf und zog an ihrem Schal.

»Nur zwei von ihnen«, murmelte sie und warf mir einen Blick zu, der mir das Gefühl gab, als könne sie doch Gedanken lesen. »Sie haben mich ausgelacht!«, fügte sie hinzu. »Sie haben es den anderen erzählt und die ganze Klasse hat mich komisch angeschaut. Niemand hat direkt etwas zu mir gesagt, aber ich hab sie tuscheln gehört, und wenn ich in der Nähe war, dann haben sie von etwas anderem geredet ...«

Dagmar verstummte und strich ihre Sternen-Bettdecke glatt. Ich aber schämte mich, dass ich im Grunde genau wie die anderen dachte. Ich fühlte mich ertappt und wie eine Verräterin in diesem seltsamen Zimmer. Die Monster starrten mich an, die Engel ebenfalls und die Sterne schienen ihre Strahlen auf mich zu richten. Und dann passierte etwas in mir drin, es fühlte sich an wie ein Knacks oder ein Sprung – so ähnlich, als würde man über einen Fluss springen oder über einen Zaun. Es ist ganz schwer zu beschreiben, aber sogar heute noch, über dreißig Jahre später, kann ich diesen Knacks spüren. Es war ein ganz wichtiger Knacks für mein ganzes Leben und ich verdanke ihn Dagmar: Es war, als könnte ich plötzlich durch eine Wand gehen, die eben noch vor mir aufragte. Von einer Sekunde zur anderen urteilte ich nicht mehr über Dagmar, sagte nicht mehr: Die spinnt! Stattdessen wurde ich neugierig. Ich wollte wissen, warum sie diese Monster sah und was sie dachte. Ich wollte wissen, warum sie anders war.

Damals ging vielleicht wirklich ein Engel durch das kleine Zimmer unter dem Dach – aber ein richtiger Engel, so was wie ein Schutzengel vielleicht. Meiner oder Dagmars, welcher es war, ist ja auch egal! Dagmar jedenfalls hat es auch gespürt. Wir standen beide mitten im Zimmer, schauten uns an und mir wurde ganz warm dabei. Dann ließen wir uns auf das Bett mit den Sternen fallen und erzählten! Ich erzählte davon, dass die anderen mich auch auslachten, weil ich Bayrisch sprach, aber dass ich stolz darauf sei! Und ich sagte ihr, dass sie stolz auf ihre Bilder sein sollte, denn von den anderen könnte keine und keiner so gut malen wie sie.

Dagmar lächelte still, hörte mir zu, holte Limo und Kekse aus der Küche. Und dann begann sie zu reden.

»Weißt du«, sagte sie, »mit meinen Bildern und Träumen ist es ein bisschen anders als mit deinem Dialekt. Du redest eben Bayrisch, weil du aus Bayern bist. Aber ich bin aus Hamburg und ich kann Dinge sehen, die all die anderen nicht sehen. Das macht denen Angst und mir manchmal auch. Vielleicht komme ich auch aus einem anderen Land, aber ich weiß selbst nicht genau, aus welchem ...«

Sie zerbröselte einen Keks zwischen ihren Fingern und sah plötzlich wieder ganz alt aus. So alt, dass ich dachte, sie käme vielleicht wirklich aus einer ganz anderen Zeit.

»Wann fing das an?«, fragte ich vorsichtig. »Ich meine, wann hast du zum ersten Mal all diese Gestalten gesehen?«

»Eigentlich immer schon«, antwortete Dagmar leise. »Als kleines Kind konnte ich an manchen Tagen in Regentropfen hineinschauen und winzige Elfen sehen. Manchmal sehe ich auch Geister in den Bäumen. Und ich hatte immer das Gefühl, als würden die Sterne mir zuwinken. Aber erst seit ich in diesem Zimmer wohne und jede Nacht in den Himmel schaue – seit ungefähr einem halben Jahr –, sehe ich diese Ungeheuer und Engel.«

»Elfen in Regentropfen!«, sagte ich. »Das klingt wunderschön. Ich würde auch gern Elfen in Regentropfen sehen. Dass die Sterne mir zuwinken, sehe ich allerdings auch.«

Dagmar lächelte mir zu, doch sie schüttelte gleichzeitig ein wenig ungeduldig den Kopf.

»Du verstehst nicht richtig!«, sagte sie ernst. »Wenn du wirklich Elfen in Regentropfen sehen würdest, dann würde dir das Angst machen. Niemand sieht Elfen in Regentropfen! Meine Eltern nicht, deine Eltern nicht, unsere Klassenkameraden nicht und auch sonst niemand!«

Ich dachte darüber nach. Mir fielen alte Bilderbücher ein. Da wohnten Elfen in Blumen und die Käfer konnten sprechen. Kinder reisten auf dem Rücken von Schwänen und Wildgänsen, Stofftiere begannen zu leben und Feen erfüllten Wünsche. Außerdem gab es jede Menge Drachen und Gespenster. Die Leute, die solche Bücher machten, konnten vielleicht auch sehen, was Dagmar sah. Ich versuchte Dagmar von meinen Überlegungen zu überzeugen. Sie hörte aufmerksam zu, doch dann schüttelte sie den Kopf.

»Leute, die Kinderbücher schreiben, denken sich all das nur aus. Sie sehen keine Elfen oder Geister. Sie wissen, dass Kinder gern solche Geschichten hören, und deshalb erfinden sie diese Dinge! Bei mir ist es anders! Ich sehe sie wirklich! Ich träume von den Ungeheuern, und wenn ich aufwache, dann sitzen sie hier im Zimmer und ich kann sie anfassen.«

Wieder fühlte ich mich höchst unbehaglich. Ich war durch die Wand gebrochen, nahm Dagmar ernst. Doch wenn ich sie wirklich ernst nahm, dann musste ich auch ernst nehmen, dass in diesem Zimmer häufig Ungeheuer mit Krallen und großen Augen saßen, die man anfassen konnte. Mir wurde ein wenig schwindelig, denn meine eigene Wirklichkeit geriet durcheinander. Mir war, als blickte ich durch einen Spalt in eine fremde Welt, die hinter der normalen Welt lag – nur einen Atemzug weit entfernt.

Ich kannte diese Welt aus meinen eigenen Träumen und ich wurde nur ungern daran erinnert. Mir fiel ein Traum ein, der mir erst vor ein paar Wochen große Angst gemacht hatte. Ein riesiger Bär hatte mich in diesem Traum durch eine seltsame Stadt verfolgt – eine Stadt aus Glas. Ich rutschte und taumelte, prallte gegen gläserne Wände und versuchte vor dem Bären wegzulaufen. Er kam immer näher, schlug mit seinen Pranken nach mir. Mein Herz raste, ich konnte nicht mehr weiter ... Dann wachte ich auf und der Bär war weg. Da war mein Zimmer, die vertrauten Möbel, die Straßenlaternen leuchteten durch den Vorhang. Mein Wellensittich piepste verschlafen in seinem Käfig. Kein Bär weit und breit!

Erst mal! Denn am Tag danach hatte ich immer wieder das Gefühl, dass er irgendwo auftauchen könnte. In der Schule, in der U-Bahn, zu Hause. An diesem Tag hatte eine fremde Welt versucht in mein wirkliches Leben einzudringen. Es gab keine Bären in Hamburg! Doch ich schien den Bären zu spüren und beinahe zu sehen. Er war irgendwie da und doch nicht da. Mein Herz klopfte den ganzen Tag und ich fühlte mich total daneben.

Vielleicht, dachte ich, und schaute auf Dagmars Bilder, vielleicht sind ihre Ungeheuer stärker als mein Bär. Sie kommen wirklich durch die Wand ins Leben und sind da. Mein Bär war nur unsichtbar da. Ich habe ihn gespürt und hatte Angst vor ihm. Aber Dagmars Monster sind nicht so schüchtern!

»Kannst du sie wirklich anfassen?«, flüsterte ich.

Dagmar zuckte die Achseln.

»Ich weiß es nicht genau«, murmelte sie. »Manchmal spüre ich ihr Fell unter meinen Händen. Manchmal auch nicht.«

»Und die Engel?«, fragte ich weiter.

»Die kann ich nur sehen. Sie reiten auf den Ungeheuern und lachen. Sie sagen mir auch, dass ich keine Angst haben soll!« Dagmar zog die Schultern hoch und lehnte sich an eine der schrägen Wände. »Wieso fragst du das? Ich hab noch nie darüber gesprochen. Nicht mal mit meinen Eltern.«

Und dann erzählte ich Dagmar die Geschichte von meinem Bären. Sie hörte mit halb geschlossenen Augen zu, lächelte ein wenig abwesend.

»Wenn du deine Monster nicht haben willst, dann musst du vielleicht in ein anderes Zimmer umziehen und nicht mehr so oft die Sterne anschauen«, sagte ich zuletzt. »Unsere Träume sind schließlich auch so eine Art Wirklichkeit, aber sie passen mit der wirklichen Wirklichkeit nicht zusammen! Vielleicht musst du sie einfach wegjagen und ihnen verbieten, dass sie zu dir kommen!«

»Und wie macht man das?«, fragte Dagmar leise. »Ich kann mich nicht gegen diese andere Welt wehren. Sie ist einfach da. Ich ... ich finde auch die wirkliche Wirklichkeit nicht so wunderbar. Eigentlich ...« Sie stockte und sah mich unsicher an. »... Eigentlich macht mir die Wirklichkeit fast noch mehr Angst als die andere Welt.«

Mir machte die andere Welt inzwischen mehr Angst, denn sie schien sich enger und enger um uns beide zu schließen. Ich hatte das Gefühl, als könnte ich bald eines von Dagmars Monstern anfassen, wenn wir so weitermachten. Ich wollte das nicht! Mir kam es plötzlich vor, als müsste ich mich selbst vor dem Ertrinken in einem tiefen See retten und Dagmar dazu. Ich wollte nicht ertrinken! Und ich wollte mich von ihr nicht in diesen tiefen See ziehen lassen, obwohl von den Bildern ein seltsamer Sog auszugehen schien. Verzweifelt überlegte ich, was ich diesem Sog entgegensetzen könnte. Was half mir selbst, wenn ich mich nicht gut fühlte, wenn ich abdriftete? Klar! Ich rannte durch den Wald hinter unserem Haus! Dann spürte ich meinen Körper! Und ich tanzte zur Musik von Radio Luxemburg – so lange, bis ich total außer Atem war! Ich spielte Basketball in der Schule, fuhr Fahrrad wie eine Wilde. Es war immer mein Körper, der mich rettete.

»Wir laufen zusammen!«, sagte ich entschlossen zu Dagmar. »Und du musst mehr Sport machen!«

Dagmar warf mir einen ungläubigen Blick zu, der zu sagen schien: Hast du mich noch nie beim Sport gesehen? Bist du blind?

Und gleichzeitig fiel mir ein, dass Dagmar total unsportlich war. Im Turnunterricht war sie eine Katastrophe! Ihre Arme und Beine schienen nicht zu ihr zu gehören. Ihre Muskeln waren schlaff. Das Balancieren auf dem Schwebebalken schien jedes Mal eine unlösbare Aufgabe für sie zu sein. Der Aufschwung am Reck unmöglich. Ein Sprung über den Kasten undenkbar. Hochsprung, Weitsprung, 100-Meter-Lauf – alles Fehlanzeige. Es machte den Eindruck, als gehörte Dagmars Körper nicht zu ihr. Aber vielleicht lag genau darin das Problem! Vielleicht lebte sie in den fremden Welten, weil sie nicht in ihrem Körper wohnte?

So genau habe ich mir das damals natürlich nicht überlegt – es war mehr eine Ahnung. Aber ganz wohl fühlte ich mich nicht mit meinen Überlegungen, denn wieder hatte ich das Gefühl, als dringe ich in eine andere Welt ein. Es war schließlich Dagmars Welt und ich lag mit meinen Vorschlägen möglicherweise ganz falsch. Sie saß jedenfalls da und lächelte nur ein wenig unsicher vor sich hin.

»Was machst du denn immer nach der Schule?«, fragte ich sie schließlich.

»Ich sitze meistens in meinem Zimmer, male, schreibe Tagebuch oder lese«, sagte sie. »Meine Eltern kommen erst abends nach Hause, wenn die Praxis geschlossen wird.«

»Gehst du nie raus? Ich meine, spazieren oder schwimmen, Rad fahren oder so was?«, fragte ich.

Dagmar schüttelte den Kopf.

»Allein macht es keinen Spaß«, sagte sie.

»Wir könnten ja zusammen rausgehen!«, schlug ich vor. Gleichzeitig erschrak ich über meine Worte. Wollte ich das wirklich? Wollte ich mit Dagmar und ihren Monstern im Wald herumlaufen? Wollte ich eine Freundschaft mit dem seltsamsten Mädchen aus meiner neuen Klasse? Wieder spürte ich diesen Sog, der mich in tiefes Wasser zu ziehen schien. Doch es gab neben meinen Zweifeln noch etwas anderes. Wenn ich Dagmar ansah, dann konnte ich ihre Einsamkeit spüren und gleichzeitig ihre Wärme. Etwas an ihr zog mich an. Vielleicht hatte es sogar mit den Ungeheuern und den Sternen zu tun ... Diese andere Welt zog mich an. Und sie malte sehr gut. Ich malte auch gern. Dagmar malte viel besser als ich. Vielleicht konnten wir zusammen malen?

Und ich würde ihr zeigen, dass es Spaß machte, zu rennen und die eigene Körperkraft zu erproben?

Heute klingen meine Pläne ganz gut, doch damals gab es eine Menge Hindernisse. Zwischen mir und Dagmar entwickelte sich langsam eine zerbrechliche Freundschaft. Wir malten zusammen, hörten Musik (durch mich lernte sie Radio Luxemburg kennen!) und redeten stundenlang über die fremden, unsichtbaren Welten, die manchmal in unser Leben einbrachen. Das heißt, bei mir brachen sie nicht so häufig ein. Ich erinnere mich nur, dass wir viel über Götter, gute und böse Geister und solche Dinge sprachen. Zerbrechlich war unsere Freundschaft deshalb, weil ich mir immer wieder unsicher war, ob ich das alles wollte.

Dagmar blieb in ihrem Zimmer unter dem Dach, denn sie wollte weiterhin den Sternen zuschauen, die Wolken ziehen sehen und Besuch von ihren Monstern haben. Doch eines änderte sich für sie: Sie fürchtete sich nicht mehr vor ihnen, weil sie mit mir darüber sprechen konnte und ich sie nicht für verrückt hielt. Bis heute habe ich niemandem davon erzählt! Ich habe absolut dichtgehalten!

Mit den sportlichen Übungen war es ein wenig schwieriger, denn Dagmar war häufig krank. Ständig litt sie unter Erkältungen, Allergien, Migräne. Das machte mich ungeduldig, denn ich bewegte mich gern in der Natur. Mir kam es manchmal so vor, als versteckte Dagmar sich hinter ihren Krankheiten, um sich in ihre Traumwelt zurückzuziehen. Ich dagegen gab mir alle Mühe, sie richtig auf die Beine zu stellen, hielt ihre Hand, wenn sie im Turnunterricht über den Schwebebalken gehen musste, und spürte dabei den kalten Schweiß auf ihrer Haut. Sie hatte wirklich totale Angst, auf diesem lächerlichen Holzbalken zu balancieren. Ich feuerte sie an, wenn wir Volleyball oder Basketball spielten. Ganz allmählich traute Dagmar sich ein wenig mehr zu. Doch wirklich Freundschaft mit ihrem Körper schloss sie nie.

Mir fiel es manchmal ziemlich schwer, gegenüber den verächtlichen Blicken der anderen Schüler zu bestehen. Ich ertappte mich immer wieder dabei, dass ich meine Freundschaft zu Dagmar verleugnete. Wie eine Verräterin fühlte ich mich, wenn ich schwieg, während andere über sie redeten.

Es war wirklich keine einfache Freundschaft. Nicht dieses: Wir verstehen uns und mögen uns, das ich mit anderen Freundinnen zuvor und auch später erlebte. Eher fühlte es sich stachelig an, widerstebend, fast unpassend. Und wir konnten vieles überhaupt nicht teilen. So wurde ich zum Beispiel bald zu unzähligen Partys eingeladen, Jungs interessierten sich für mich und ich fand zwei, drei andere Freundinnen. Dagmar dagegen wurde nie eingeladen. Kein Junge rief bei ihr an und außer mir hatte sie keine Freundin.

Einmal, nur einmal sagte sie zu mir: »Manchmal wünsche ich mir, ich könnte so wie du sein.« Es war das einzige Mal, dass ich eine Art Eifersucht bei ihr spürte. Noch später fragte sie einmal: »Bist du eigentlich gern mit mir zusammen?«, und in Gedanken ergänzte ich ihren Satz: Oder triffst du dich nur mit mir, weil ich eine Art Sozialfall bin? Weil du nicht sagen kannst, dass ich dir auf die Nerven gehe?

Nein, Dagmar, so war es nicht! Wenn ich dich heute wieder sehen könnte, dann würde ich es dir gern sagen! Ohne Angst! Natürlich bist du mir manchmal auf die Nerven gegangen und manchmal habe ich dich für komplett verrückt, verschroben, daneben und unmöglich gehalten. Aber stärker war immer das Gefühl, dass ich dich mag. Dass du irgendwas gelebt hast, das in uns allen war und das wir nur nicht wahrhaben wollten: Schwäche, Ängstlichkeit, Fremdsein! Aber da war auch eine Stärke, die kaum einer oder eine von uns hatte: Du hast ein ganz eigenes Leben gelebt und vielleicht wirklich in eine Welt hinter den sichtbaren Dingen geschaut. Das jedenfalls habe ich immer sehr ernst genommen. Und die Elfen in den Regentropfen habe ich bis heute nicht vergessen.

Das letzte Mal habe ich dich gesehen, als du die Stufen zur U-Bahn hinunterliefst und ich dir nachwinkte. Da waren wir schon ziemlich erwachsen und du hattest mich in einer anderen Stadt besucht. Danach bist du irgendwie verschwunden und ich mache mir noch heute Vorwürfe, dass ich dich einfach so gehen ließ. Beim Klassentreffen wusste keiner, was aus dir geworden war. Jede Nachforschung blieb ohne Ergebnis. Vielleicht bist du in die andere Welt gegangen, deine Welt, die hinter den Sternen und den Sturmwolken lag. Vielleicht reitest du auf deinen Monstern mit dem weichen Fell und fliegst mit den Engeln. Ich danke dir für den Knacks, den du meiner Wirklichkeit versetzt hast. Und ich wünsche dir, dass es dir gut geht – mit deinen Engeln und Monstern über den Sturmwolken.

Inhalt